徳 間 文 庫

山田正紀・超絶ミステリコレクション#3

囮捜査官 北見志穂2

首都高バラバラ死体

山 田 正 紀

徳 間 書 店

囮捜査官
北見志穂2
首都高バラバラ死体

目次

NTS

CONTE

本書の舞台
首都高速とバラバラ死体発見現場

SHIHO

囮捜査官　北見志穂2

首都高バラバラ死体

KITAMI

プロローグ

そして、また――
花だ。
ああ、
見渡すかぎりの……
花、花、花。
うっすらと血の透ける柔肌の、
あわあわと咲いて、
散る、
花。

点々と血の色を散らし、咲きみだれ、枯れしぼんで、切なげにあえいで、泣いてもだえる花――

そう、

女は花。

病んだ花。

(雛(ひな)人形を思いだす。女雛の練頭(ねりがしら)が幾つも転がっていた。手足が散乱していた。眉描き、目切りを終えた顔に、血の朱色に唇が引かれていた。その練頭のうえにはらはらと花が舞っていた。忘れられない)

ストロボライトの閃光が、あえかに息づく女体をきざんで照らす。

「ああ、ああ、ああ……」

天井の梁(はり)にかけられた縄がきしむ。きしんで女の体をさいなむ。縄は股間をぐって、乳房をしぼり出している。きりきりと滑車が回転し、片足だけを吊りあげる。剃毛された性器があらわにさらけ出される。充血したクリトリスが無残に美しい。

ここにも花がある。花は汗と愛液にしとどに濡れている……

――女は花だ。

しかし病んでいる。

首筋に舌を這わせる。

尻から膣に指を滑らせる。

乳房を両手で揉みしだく。

硬い乳首を指でもてあそぶ。

吐く息が絶えだえにかすれる。

縄でしめつけられた肌が美しい。

上気しほんのり桃色に染まっている。

この世にこんなに美しいものはない。

望むのは――

この美しさをありのまま写真に残したい。

ただ、それだけだ。

ほかには何も望むことはない。

女が鎧(よろ)っている自我をすべて崩壊させる。誇りも自意識も失われる。あとに残されるのはただ女体の美しさだけだ。

淫蕩の極致、クリスタルのように結晶し、きらめく純粋女体だ。

しかし、それは純粋なだけに、はかなくうつろい、見えたかと思うとすぐに消えてしまう。

その閃光のような一瞬をとらえるのが望みなのだ。

レンズを100ミリから50ミリに交換し、ISO100のフィルムを装塡する。

肌の美しさをあらわすには広角も望遠も適当ではない。せいぜい100ミリから50ミリぐらいがいい。

テレビが点けっぱなしだ。その光も考えなければならない。

ライトをストロボからバウンズライティングに替える。光を壁に反射させて曇り日のような印象にするのだ。

――このほうがいい。

このほうが女はずっと美しい。そうではないか。

女の背後に立って乳房をギュッとわし摑みにする。乳房を荒々しく揉みしだきながら耳もとに卑猥な言葉を囁きかける。そして勃起した陰茎をナイフのように突きつける。奉仕しろ、と命じた。

女はいやいやをするように首を振る。

しかし逆らえるはずがない。

すでに息も絶えだえであらがう気力を失っている。後ろ手に縛りあげられた手で陰茎をつかんで、それをゆっくりと擦り始めた。指先の動きが微妙で繊細だ。陰茎が獰猛に膨らんだ。

指の動きはなめらかだ。

陰茎がそそりたつ。

息が荒くなる。

女がうめく。

淫靡だ。

絞りはF8、シャッター速度は1／30、つづけざまにシャッターを押す。

いや、押すというより、ほとんどシャッターを愛撫するといったほうがいい。女の肌を撫でるように指の腹でゆっくりとシャッターに触れているのだ。

愛撫しつづけた。

右手は乳房を左手は膣を撫でさする。

ファインダーのなかに裸身がうごめく。

腰を引き寄せ、背後から一気につらぬいた。

「……………」

快感からというより、おそらくは屈辱と恐怖から、女はくぐもった声をあげ、すすり泣いている。
そして――
一瞬のうちに状況が変わるのだ。
女の肌にメスがひらめく。
女は悲鳴をあげる。
いや、悲鳴をあげるのだが、猿ぐつわをされていて、その声は喉から洩れない。
裸身をのけぞらせる。
滑車がきしんだ。
血がしぶく。
メスは容赦なく肌に食い込んでいく。
股をくぐらせた縄に血が滴る。
女は花。
病んだ花。
ちぢれた花びらのように血が舞いあがる。黒々と病んだ花びら。
その血がテレビ・モニターにも点々とあとを残す。
ニュースが流れている。

ボリウムはしぼられている。

ちらちらと光が明滅している。

そこでも人が死んでいる。

遠く北京の地に悲鳴が聞こえている。天安門広場に戦車が突っ込んでいく。若い学生たちが逃げまどい殺されている。戦車の下敷きになり死んでいく。世界中の視聴者たちがカウチにすわり、ポップコーンをほおばりながら、それを見ている……

そこでも人が死んでいる。ここでも人が死んでいる。

——どこに違いがあるというのだ？

血の陶酔のなかでそう自問する。

——違いなんかない。あるはずがない。みんな覗き見るのが好きなんだ。みんな同じじゃないか。

ふいにそんな思いが頭のなかにひらめく。深遠な真理をかいま見たような気持ちにとらわれる。

その真理をもたらしてくれたのはファインダーのなかにもだえる血と汗にまみれた女体だ。

電動ノコギリのスイッチを入れる。電動音が鳴りわたる。そのギザギザの歯を女の肩に当てる。歯が食い込んでいく。ギューン、という骨を切断する音が響きわたる。血とリンパ液がほとばしる。女が狂ったように暴れまわる。

いまだ。いま、この瞬間だ。この瞬間をおいて真実のときはない。

カメラのシャッター速度を速くする。シャッターを押しつづける。

真理に達した悦びが、ほとんど性的な快感となって、めくるめく絶頂にのぼりつめ、おびただしい量の精液が放たれる。

あのときのことは忘れられない。

いつまでも記憶に残っている。

一九八九年六月――

あれは天安門広場で大勢の学生たちが殺された日のことだった。

首都高南池袋ＰＡ

1

三月十二日、月曜日。

夜――

北見志穂(きたみしほ)は特被部（特別被害者部）からの帰途、自宅近くのコンビニエンス・ストアに立ち寄った。

小樽の実家に送る物があり、宅配便を頼もうとしたのだ。

が、残念ながら、そのコンビニであつかっている××運輸の宅配便は、三日まえから営業を停止しているという。

待遇に不満を持った運転手たちがストをしているというのだ。

——なんだ、むだ足か。

志穂はむなしく荷物を持って自宅に帰るしかなかった。

家に帰り、片づけ物をして、すこしテレビを見て、すぐに寝た。

そのときには何も考えなかった。

しかし、あとになって考えれば、このとき志穂は、まだ始まってもいない事件の重要な手がかりをつかんでいたのだ。

まだ始まってもいない事件、すなわち「首都高連続バラバラ殺人事件」の重要な手がかりを……

北見志穂は警視庁・科学捜査研究所（科捜研）特別被害者部に所属している。みない公務員という異例の資格で、司法巡査に準じる身分だが、人はそんな名称で志穂を呼ばない。

特被部・囮(おとり)捜査官——

女性を被害者とする犯罪を対象にして囮捜査を断行するのが囮捜査官なのだった。

むろん、まだ志穂は何も知らない。

が、この夜、囮捜査官の志穂が、ぎりぎり窮地に追い込まれる難事件がその幕を切って落とそうとしていたことを。

事件は首都高南池袋パーキング・エリア（ＰＡ）で始まろうとしていた。

南池袋パーキング・エリアは高速５号池袋線の上りに位置している。

サンシャイン60に近接し、日中、交通量はきわめて多い。

ちょうど東池袋インター上りと護国寺インター下りの中間ぐらいのところだ。

かなり広い駐車スペースを擁し、トイレの設備はもちろん、十人ほどの客を収容できる飲食施設もある。

カルビ定食や鮭定食など、あれこれ街の定食屋なみのメニューをとりそろえていて、首都高を利用する陸送の運転手や独身サラリーマンなどに評判がいい。

深夜二時——

この南池袋パーキング・エリアでとんでもない大事故が発生した。そして、それは同時に「首都高連続バラバラ殺人事件」の凄惨な幕開けでもあったのだ。

東尾進（ひがしおすすむ）は三十二歳、Ｆ運輸に勤務するトラック運転手だ。

結婚して十年、この四月に初めての子供が生まれようとしていた。ほとんど諦めかけていただけに、東尾はそのことに有頂天になっていた。

子供が生まれるのではいまの1DKのアパートでは狭い。せめてもう一部屋なりと欲しい。その資金を貯めるために、一日に埼玉と東京のあいだを四往復し、がむしゃらに働いていた。早朝から深夜まで睡眠時間をけずって運転しつづけた。

東尾は六人兄弟の長男で、自然に子供好きになった。まじめな男だった。

唯一の楽しみといえば、晩酌のビールぐらいで、いつも自分たちに子供がいないのを淋しく思っていた。

それが結婚して十年めに、ようやく子供が授かったのだから、はりきる気持ちになるのが当然だった。

しかし陸送トラックを運転するのはきつい仕事だ。

自分では若いつもりでいても、三十二歳ともなれば、そろそろ体力がおとろえかけてくる年齢で、二十代のころのような無理はきかない。いくらなんでも一日に埼玉と東京を四往復するのは無理というものだ。

たんに車を運転するだけではない。荷物の積み降ろしもしなければならないのだ。

それをもう一月あまりもつづけて、体力の限界に達していた。

が、それももう終わりだ。

今日はこれが最後の便なのだ。

代々木の配車場にトラックを戻せば、あとは帰宅するだけだった。

そのことに安心し、気がゆるんでいた。

首都高の単調な路面がいやがうえにも眠気を誘う。

たてつづけに生欠伸(なまあくび)を洩らした。

どんなにラジオを鳴らし、カフェイン入りのガムを噛んでも、いっこうに眠気が去ろうとはしない。

――こいつはまずいな。どこかで仮眠をとったほうがいいかな。

そう考えた。

考えはしたが、その一方で、一刻も早く家に帰りたいという思いもあった。

深夜二時、首都高にはほとんど車の姿はない。

それは一般道も同じことだろう。

このまま順調にトラックを走らせれば、二十分もすれば配車場に着く。どうせ眠るなら家でゆっくり眠りたい。そのほうが何倍か体も休まろうというものだ。

――だけど眠いな。やっぱり仮眠をとったほうがいいかな。

仮眠をとるなら南池袋ＰＡにトラックをとめればいい。十分か二十分、仮眠をとるだけで、ずいぶん楽になるのは、これまでの経験からわかっている。そのほうがいい。そのほうがいいに決まっているのだが……

家に戻れば、風呂にも入れるし、ビールも飲める。ぬくぬくとした布団のなかでゆっくり休めるのだ。

どちらがいいか？

東尾は迷っていた。

そんなことにいつまでも迷っていること自体、眠気のために判断力が狂っている証拠なのだが、東尾自身はそのことに気がついていない。

自分では迷っているつもりで、実際にはうつらうつらと眠りほうけていたのだ。

ガクン、と首が落ちて、ハッ、と目を覚まし、前方を見すえた。

十数メートル先に南池袋ＰＡの分岐点が見えていた。

「………」

眠気と迷いが一瞬の判断を狂わせた。

とっさにハンドルを切ったのは南池袋ＰＡにトラックを入れようと思ったからだ。

そのくせアクセルを踏み込んだのはＰＡを通過しようと思ったからだ。

要するに手足の動きと意識がバラバラになっていた。事故は起こるべくして起こったのだった。

全長十二メートル、二六〇馬力、十二トン積みディーゼル・トラックは、時速一〇〇キロを超す猛スピードで、南池袋パーキング・エリアに突っ込んでいったのだ。

2

南池袋のパーキング・エリアには数台の車がとまっていた。

不運だったのはここに一台のタンクローリーがとまっていたことだ。ふつうであればタンクローリーが一般車のパーキング・エリアにとまっていることなどありえない。

どこのパーキング・エリアでも一般車とトラックとでは駐車場が異なっている。そのタンクローリーもトラック専用の駐車場に入ろうとしていた矢先だったのだ。たまたま一台の車がパーキングを出ようとしていて、その車に進路をふさがれ、一旦停止していたのだった。

不運というものは重なるときにはどこまでも重なるものらしい。

そのわずかな時間、ほんの一分足らずという時間をついて、トラックはパーキング・エリアに突っ込んでしまったのだ。

　十二トン積みのトラックが一〇〇キロ以上ものスピードで暴走したのだ。とっさに急ブレーキをかけたところで、どうにもとめられるものではない。タンクローリーのタンク部にもろに激突してしまった。タンクローリーの内部には何重にも防波板が設けられ、たやすく引火しないような設計にはなっている。

　しかし、十二トン×一〇〇キロの凄まじい衝突エネルギーを食らったのでは、どんな安全措置も無力だった。タンクローリーはあっけなく横転した。そしてトラックに押し切られるように鋼の金切り声を発し地面を滑った。火花が散った。タンクが裂け、ガソリンがこぼれた。これで引火しないはずがない。グワッ、という轟音を放って、炎が噴きあがった。タンクローリーとトラックはかすがいのように、たがいに嚙みあったままパーキングを驀進(ばくしん)し、側壁に突っ込んでいった。

　側壁を壊し、そこで今度はトラックが爆発した。

　東尾は死んだ。

おそらく自分が死んだと考える暇もなかったはずだ。生まれてくる赤ん坊のことを思いながら炎のなかで死んでいった。

トラックから噴きあげられた炎がほかの車にも引火した。

まるで爆竹を鳴らすように、駐車していた車がつづけざまに炎を発した。

その炎と煙りのなか何人かの人間が紙人形のように軽々と舞った。

大惨事だ。

一瞬のうちに南池袋パーキング・エリアは猛火に包まれた。

燃えあがる炎はあかあかと天を焦がし、それに映えて、黒煙がうねりながらたちのぼっていった。

真っ赤に燃えあがる炎を背景にし、人々は走り、叫んだ。

このとき二時五分——

この五分後には消防車のサイレンが聞こえてきた。

管轄地区の消防署から数台の消防車、救急車が現場に直行した。

不忍（しのばず）通りから春日通りに折れ、東池袋入口から高速5号池袋線に入る。

そこから南池袋パーキング・エリアまではすぐだ。

ただちに消火活動が始められた。

その消火活動を縫って、救急隊員たちが怪我人を救急車に運び込んでいる。

東京消防庁の災害救急情報センターは現場からの連絡を受け、患者を搬送する救命救急センターを指示している。

すでに救急センターでは、当直医が医師たちに非常招集をかけ、看護師たちと初療室で待機しているはずである。

この場合、犠牲者たちの容体は一刻を争うという判断から、もっとも現場に近い救急センターが選ばれることになった。

現場にもっとも近い救命救急センターは外堀通り・後楽園にある。

現場からは5号池袋線上りを走って飯田橋出口に下りればいい。

南池袋パーキング・エリアから救命救急センターまで十分とはかからないだろう。

救急隊員たちは怪我人の収容を急いだ。

何台もの車が燃えあがる現場での作業は、困難をきわめたが、そんなことで隊員たちはひるまない。

怪我人を収容した救急車は、サイレンを鳴らしながら、次から次に救命救急センターに搬送した。

ひとりの男が地面に倒れていた。

駐車場でタバコでも吸っていて事故に巻き込まれたのか。

年齢は三十代後半、髪がすっかり白いのは若白髪と考えるべきだろう。

血まみれで、重傷のようだが、さいわい意識は残っていた。

救急隊員の呼びかけに、ああ、とうめくように返事をした。

意識がなければ、原因がなんであれ、気管のなかにチューブを挿入し、「気管内挿管」をしなければならない。

その心配がないだけでもこの男は幸運といわなければならない。

ふたりの救急隊員は担架にその男を乗せようとした。

そのときのことだ。

ひとりの隊員が妙な声をあげて、

「おい、これを見ろよ」

同僚の注意をうながした。

「…………」

同僚は目を丸くした。

男の横に、なんと足が、一本転がっていたのだ。

膝から下、どうやら女の右足らしい。

焼けただれ、煤で黒ずんでいた。

――どうしてこんなところに女の足が転がっているのか？

一瞬、救急隊員たちはそのことをいぶかしく思ったが、考えてみれば、べつだん不思議でも何でもないことだ。

これだけの大事故なのだ。どんな突拍子もないことでも起こる。おそらく突っ込んできたトラックに轢かれ、右足を失った不運な女がどこかにいるのだろう。

「………」

救急隊員たちはためらった。

救命救急センターに右足を一本運んだところでどうなるものでもない。これが指であれば、手術で癒着させるのも可能だが、足一本をつけることはできない。

しかし――

どんなときにも、救急隊員たちは遺体には最大限の敬意を払うように訓練されている。この場合、遺体といいきっていいかどうか疑問だが、少なくとも現場に残しておいていいようなものではないだろう。

「運ぼう」

ひとりがそういい、もうひとりがうなずいた。

まず白髪の男を担架に乗せ、救急車に運びいれる。そして、右足を毛布にくるんで、それも救急車に乗せた。

通常、救急車には三人の救急隊員が乗るのが決まりだが、あまりに怪我人が多く、人手が足りないために、やむをえずひとりが残ることになった。

サイレンを鳴らして発車した。

飯田橋の出口までは高速でほんの数分の距離だった。

ひとりが運転しているあいだ、もうひとりは災害救急情報センターに容体を無線連絡しなければならない。

重傷を負った男ひとり、それに右足を一本搬送することをセンターに告げてから、

「聞こえますか」

救急隊員は男の横にかがみ込んで、その耳に口を寄せて聞いた。

「あなたの名前は何ですか」

白髪の男は目をつぶったまま、苦しげに口を開き、かすれた声でいった。

「かめ……あつし……」

かめあつし――変わった名だ。どんな字を書くのだろう？　が、いまはそんなこと

より、もっと確かめなければならないことがある。

「連絡先を教えてくれませんか」

救急隊員は問いかけ、白髪の男はボソボソと低い声でそれに応じた。

「え？　何ですか」

隊員はさらに顔を男に近づけた。

そのときのことだ。

男の左手がふいに跳ねあがった。隊員の口を押さえつけた。と同時に、男の右手がひらめいて、ズボンの尻ポケットからナイフを抜いた。刃の厚いハンティング・ナイフだ。それを一閃させ、救急隊員の喉をかっ切った。隊員の喉から血がほとばしった。男の顔を真っ赤に染めた。

「ぐふっ」

隊員は悲鳴をあげたが、口を押さえつけられていて、それはくぐもった声にしかならなかった。

気管を切断され、ヒューッ、ヒューッ、と息が洩れた。息が洩れるたびに血が噴きだした。

隊員はうなだれ、ゆらゆらと頭を垂らしていたが、やがて担架のうえに沈み込んだ。

一瞬のことだ。

この白髪の男は人を殺すのに慣れている。信じられないほどの手際のよさだ。まるで魚でもさばくように無造作にひとりの人間を死にいたらしめた。

「…………」

白髪の男は死んだ救急隊員の体を押しのけた。

出血のために顔が青ざめ、苦しげに息をかすれさせている。その顔に点々と血が散って、なにか生きながら死んでいるような凄まじい形相になっていた。死に神の顔だった。

そして――

ナイフを逆手に持ち替えると、じりじりと膝でにじり寄るようにし、運転席の救急隊員に近づいていった。

どうやら運転席の救急隊員は背後でそんなことが起こっているのに気がついてもいないらしい。

ただ一刻も早く怪我人を救命救急センターに搬送することだけを考えていた。

3

午前二時十五分……

高速5号池袋線からは南池袋PAの火災があかあかと見えていた。

消防車や救急車のサイレンがひっきりなしに聞こえ、騒然とした雰囲気だ。

ここ、高速5号池袋線が新目白通りと交差する地点は、江戸川橋から白鳥橋にかけて大きくカーブしている。

いま一台のパトカーが上り方面にかけて、その地点を走り抜けようとしていた。

これは高速警察に所属するパトカーで、南池袋PAで起こった事故の報告をするために本部に戻ろうとしているところだった。

パトカーが白鳥橋のカーブを抜けた。

そのときになって、パトカーを運転している警察官は、一台の救急車が前方を走っていることに気がついたのだ。

これまでカーブにさえぎられて救急車が見えなかった。

南池袋PAから救急センターに怪我人を搬送している救急車だろう。

そのこと自体は何の不思議もない。

ただ妙なのはその救急車がサイレンを鳴らしていないことだ。

サイレンが故障するなどということがあるだろうか？

深夜の高速道路を救急車がひっ、、、そりと走っているのは、何とはなしに異様で不自然な光景だった。

——先導したほうがいいかな。

警察官は無線のマイクを取った。

「こちら高速警察、救急車のすぐ後ろを走っています。サイレンが鳴っていません。救急センターまで先導しますか。応答願います。どうぞ——」

警察官は応答を待った。

しかし救急車からの応答はない。

警察官はけげんな顔になり、

「どうしたんだろう？　変だな」

助手席の同僚を見た。

「無線を切っているのかな」

同僚も首をかしげた。

そんなことはありえない。救急隊員は東京消防庁の災害救急情報センターに患者の容体を無線で連絡しなければならない。またその逆に、救急情報センターからの連絡を受けなければならないこともある。本来、救急車が勤務中に無線を切るなどということはあってはならないことなのだ。

もっとも、ただ救急車が応答しないというそれだけのことなら、パトカーの警察官たちもそんなにはそのことを気にとめなかったかもしれない。

何といっても南池袋PAの事故は、何人もの死者が出ると予想される大惨事で、多少、現場が混乱するのもやむをえないことだからだ。

しかし——

その救急車が首都高・飯田橋出口を下りようとはせず、あっさり通過してしまうのを見て、ふたりの警察官の顔色が変わった。

「どういうことなんだ、これは」

「あいつら、どういうつもりなんだ」

ふたりの警察官は口々に叫んでいる。

こんなはずはないのだ。

患者を搬送する救命救急センターには外堀通りの後楽園にあるセンターが指定され

ている。そして、救急センターは飯田橋出口を下りてすぐのところにある。
その飯田橋出口を通過し、救急車はどこに向かおうというのか？
無線で高速警察の本部に照会し、指定救急センターに変更がないことを確認した。
ふたたび救急車に応答を求めたが、やはり返事はない。
「どういうことなんだ？」
ふたりの警察官は顔を見あわせた。
どういうことかはわからない。
しかし、はっきりと異常だった。救急車になんらかの異変があったとしか思えない。
問題は、救急車にどんな異変が起こったのか想像もつかないというそのことだ。
救急車がスピードをあげた。
５号池袋線をそのまま疾走している。
明らかに後続のパトカーに気がつき、それを振り切ろうとしていた。
「ちくしょう、逃がすか」
警察官もアクセルを踏んだ。
サイレンが鳴りわたる。
深夜の首都高速にときならぬカーチェイスがくりひろげられることになった。それもパトカーと救急車の信じられないようなカーチェイスだ。

助手席の同僚が本部に連絡し、応援を求めている。

さいわい深夜のこの時刻で渋滞を心配する必要はない。高速道路のしかるべき場所に非常線を敷いて、各出口に検問を設ければ、いずれは救急車を停止させることができるはずだった。

なんらかの事情で、飯田橋ではなく、神田橋出口を選んだのかとも思われたが、救急車は神田橋もあっさり通過した。

神田橋ジャンクションで八重洲のほうに進路をとった。

ところが──

八重洲トンネルに入ったところで救急車の姿を見失ってしまったのだ。

「どうしたんだ？　どこに行ったんだ？」

警察官たちは狼狽した。

丸の内出口で出てしまったのか。

丸の内出口にはすでにべつのパトカーが待機しているはずだ。

急いで無線で連絡をとった。

救急車は丸の内出口には出てこなかったという。西銀座乗継所のほうにも抜けていない。

だとしたらトンネルのなかでどこかに消えたとしか考えられない。

もちろん高速道路のトンネルで救急車が消えてしまうわけがない。

高速5号池袋線上りの八重洲トンネルからはそのまま東京駅八重洲東駐車場に入ることができる。

救急車が八重洲東駐車場に入ったのを見すごして、つい通過してしまったのだろう。

「ちくしょう、逃げようたってそうはいかねえ——」

警察官は一気にパトカーを八重洲トンネルにUターンさせた。

いくらパトカーで、サイレンを鳴らしながらにしても、これはあまりに無謀な運転というものだった。深夜で、車が一台も走っていなかったからよかったものの、そうでなければ事故はまぬがれないところだ。

八重洲外料金所から駐車場に突っ込んだ。

「救急車が入ったろう」

警察官がそう尋ねるのに、料金所の職員があっけにとられたように、ガクガクとあごを鳴らした。

東駐車場のなかに入り、徐行する。

「…………」

視線を駐車場に走らせた。

八重洲外料金所から駐車場に入ると、八重洲通りに抜けることもできるし、宝町入口からふたたび首都高に入ることもできる。

警察官たちはそのことを心配したのだが、駐車場に入ってすぐ、左手のFセクションに救急車がとまっているのを発見した。

深夜の駐車場はがらんとして、ほとんど車の姿がない。

そこに救急車は駐車していた。

パトカーをとめ、ふたりの警察官は転げ出るようにして、救急車に向かった。

しかし——

救急車には誰もいない。

搬送されていたはずの怪我人はもちろん、ふたりの救急隊員さえいないのだ。

床に点々と散っている血痕が、まだ生々しく濡れているだけに、無人の救急車はひどく不気味なものに感じられた。

「…………」

警察官たちは顔を見あわせた。

もちろん八重洲東駐車場に入って、救急車から降り、姿をくらますだけの時間は十分にあったろう。

駐車場からは八重洲地下街や地上に抜けることができる。

しかし、怪我人を担架で運んでいる余裕などなかったはずなのだ。自力で動ける人間でなければ、このわずかな時間に救急車から降りて駐車場を出ることはできない。

よしんば怪我人が自分の力で動くことができたとしても、救急隊員たちと怪我人が三人で連れだって、八重洲東駐車場からどこに行ったというのだろう。

そもそもどうしてそんなことをする必要があるのか？

怪我人をどこか途中で降ろす、あるいは救急隊員がどこか途中で降りる、ということも考えられない。

二時十分過ぎ（おそらく十二分か十三分というところだろう）に、その救急車が怪我人を乗せ、南池袋パーキング・エリアを出ていることは、すでに東京消防庁に連絡して確認を済ませている。

警察官たちが白鳥橋で救急車を見つけたのは二時十五分過ぎ、正確な時刻は確認していないが、二時十七分か十八分、二十分にはなっていなかった。

それ以降、いつも救急車は警察官たちの視野のなかにあり、どこにも誰も降りなかったことは断言できる。

つまり救急隊員たちが怪我人をどこかに降ろしたと考えるなら、パーキング・エリアを出て白鳥橋カーブにさしかかるまでのわずかなあいだということになるが、その間(かん)、首都高には護国寺入口しかない。

そう、出口ではない。入口なのだ。

救急車が護国寺入口を下りたというなら、いったん進入路を行きすぎて、バックして下りるしかない。

深夜の、ほとんど車が走っていないこの時刻であれば、たまたま護国寺入口から首都高に一台も車が入ってこなかったということもありうるだろう。

しかし救急隊員に、あるいは収容された怪我人に、どうしてそんなことをしなければならない必要があったのか……

第一、護国寺入口には首都高の職員がいて、そんなことがあれば、真っ先にそのことを公団に報告するはずだった。

どうにも説明のつかない状況なのだ。

「…………」

警察官たちは混乱せざるをえない。

混乱しながらも、消えた救急隊員と怪我人の姿を求め、駐車場を捜しまわり、閉鎖された八重洲地下街を覗いてみたが、どこにも人の姿などなかった。

ふたりの救急隊員と、担架で運び込まれた怪我人がひとり、それに東京消防庁に入った連絡によれば、女の右足が一本、救急車から完全に消えてしまったのだった。

捨てられた女

1

高速警察から連絡が入り、所轄署・刑事課の捜査員たちが東京駅八重洲東駐車場に派遣された。

もっとも捜査員たちも、この時点では、救急車から救急隊員と怪我人が消えたことを、それほど深刻には受けとめていなかった。

なんらかの理由があって救急隊員たちは救急車を離れたにちがいない……その程度にしか考えていなかったのだ。

どうして救急隊員たちが怪我人までも連れて救急車から失踪したのか？　たしかに、そのことは妙だが、それもいずれ救急隊員たちが発見されればわかることだとたかをくくっていた。

要するに、この時点では捜査員たちもこれが事件に発展するとまでは思ってはいなかったのだ。

南池袋パーキング・エリアの事故では、少なくとも四人の人間が死んで、タクシー運転手など八人が重軽傷を負っているのだ。交通課、警備課員が総動員されるほどの大事故だ。その事故の深刻さを考えれば、たかだか救急隊員たちが失踪したのなど取るにたらないことに思えたのだろう。

こういう大きな事故にはありがちなことだが、笑うに笑えない悲喜劇も生じた。

一台の車が炎上し、なかにいた男女が焼死したのだが、車の所有車である男の身元だけが判明し、女がだれだかわからないのだ。男女ともほとんど全裸に近い姿であり、このふたりがごく近しい関係であったことは明らかだ。係官は遺体の確認にきた妻の手前、どんな顔をしていいのかわからず、ほとほと弱りはてた。

つまり、それぐらい事故の現場は混乱をきわめていたのだ。

救急車を追跡したパトカーの警察官たちからは、救急隊員たちに八重洲東駐車場で怪我人を運んでいる余裕などなかった、という報告を受けているが、それさえ大したこととは受けとめていなかった。

高速警察のパトカーは、5号池袋線上りを白鳥橋のカーブから八重洲東駐車場まで、救急車を追跡しているのだ。

その間、救急車はどこにもとまらなかったし、南池袋パーキング・エリアから白鳥橋カーブまでは、ほんのわずかの距離しかない。

そのあいだにあるのは首都高・護国寺入口だけで、ゲートの職員に電話で問いあわせたところ、そこを救急車が下りてきた事実はないという。第一、どんなに救急隊員たちが血迷ったところで、首都高の入口をバックで逆に下りていくなどという、そんなバカなことをするはずがない。

救急車が護国寺入口で首都高を下りて、そこで怪我人を降ろしたとするのは、可能性としては考えられることだが、現実にはありえないことといっていい。

そもそも何のために救急隊員たちにそんなことをする必要があるのか。そんなことをしなければならない動機がないではないか。

つまり——

パトカーの警察官たちが何をどう主張しようと、救急隊員たちは八重洲東駐車場で怪我人を運んで救急車から離れたのだ、とそう考えるしかなかった。

　要するに警察官たちは、ただたんにそれを見逃してしまったにすぎない、とそう理解されたわけだ。

　救急隊員が職務途中に搬送している怪我人もろとも救急車から姿をくらましてしまう……もちろん、これはなんとも理解に苦しむ事態ではあるが、それも当の救急隊員が発見されれば、たやすく説明されることであるにちがいない。

　所轄からは鑑識課員も派遣され、指紋や血痕の採取につとめたが、怪我人を運ぶ救急車であれば、なまなましい血痕が発見されるのは当然のことであり、その仕事がなおざりになるのもやむをえなかった。

　この時点では、救急隊員たちが職務放棄したものとして、むしろ消防庁のほうが事態を深刻にとらえていた。

　捜査員たちはボソボソと熱のない会話をかわした。

「消防庁じゃほかの救急センターには問いあわせているんだろうな。なにかの手違いで、急遽、怪我人を運ぶ先を変えたとかそんなことじゃないのか」

「そうだとしたら、招集をかけられたおれたちはバカみたいなもんだぜ。ちくしょう、せっかくいい夢を見てたってのによ」

「どうせあんたのことだ。食い物かなんかの夢だろう」

「それにしても救急車を残してるってのは腑におちないよな。なんで救急車を残して消えちまうんだよ？」

「そんなこと知るか。急にもよおしてトイレにでも駆け込んだんじゃねえのか」

「ふたりそろってか。ふたりで何か古いものでも食ったかな」

「そんなんじゃねえよ」

「なにがよ？」

「だからさ、食い物の夢なんかじゃねえよ。女の夢だったんだ。これがまたとびきりいい女ときてやがる」

「ちえっ、夢の話か」

「どちらにしても、こんな遅い時間じゃどうすることもできない。聞き込みは明日になってからのことだな――」

あくび混じりにそう結論が出て、捜査員たちはそそくさと現場から散っていった。

しかし……

それから数時間もたたないうちに、事態は一変し、これがとんでもない事件と関わりがあるらしいことがわかったのだった。

2

午前六時四十分——

すでに夜は明けていたが、五時ごろから関東地方に雨が降りだし、首都高をどんよりとした灰色に閉ざしていた。

雨はかなり激しく、首都高を走る車は一様にライトをともしていた。

言問橋（ことといばし）東から首都高6号向島線下りに入ったその車もやはりヘッドライトをともしていた。

運転しているのは都内のサラリーマンで、常磐自動車道を抜けて、ゴルフ場に向かう途中だったのだが、荒川を渡ったあたりで、エンジンが不調になった。

やむをえず退避線に車を入れた。

首都高には電話の設備がある。

ＪＡＦに電話をかけるつもりで、車を降りたのだが、歩きだしたとたんに靴の爪先に何かが触れた。

「……………」

男は足をとめ、いぶかしげにそれを見つめた。

新聞紙にくるまれた、なにか細長いものが落ちていた。その新聞紙の端にこびりついているのは——血ではないか。

雨に濡れ、血がアスファルトに滲んでいた。

最初は魚でも落ちているのかと思った。

なんの気なしに蹴ってみた。

包みはごろんと転がった。

新聞紙がほどけた。

中身が覗いた。

「………」

男は目をカッと見ひらいた。全身が総毛だつのを覚えた。わなわなと震え始めた。

新聞紙からは指が覗いていた。

赤いマニキュアをしていた。

鉤のように曲がっていた。

しなやかに繊細な指だ。

そこに転がっているのは——

女の左腕だった。

なにか苦いかたまりのようなものが喉にこみあげてくるのを覚えた。

「ワアアァ」

耐えきれずに悲鳴をあげた。何度も何度もあげた。

しかし、どんなに悲鳴をあげても、車はただ無情に走り去っていくばかりで、一台もとまってくれようとはしなかった。


これが最初だった。

連絡を受けて、警視庁捜査一課六係、所轄署の捜査員、それに鑑識課員が、第一発見現場に急行した。

それと同時に、高速警察のパトカー、それに機捜隊（機動捜査隊）の覆面パトカーが、首都高の退避線をめぐって、遺体の残りを発見するのに全力をついやした。

その結果――

高速中央環状線下り（扇大橋）に首。

高速川口線下り（入谷町）に胴体。

高速5号池袋線上り（高島平）に左足。

以上の退避線から次々に切断された遺体が発見されたのだった。

現場は四カ所にまたがる。

高速警察、機捜隊ばかりではなく、それぞれの所轄からも警察官が動員され、現場保存に努めた。

首都高のいたるところをパトカーがサイレンを鳴らして走った。

それぞれの所轄から鑑識が派遣され、指紋、血痕、とりわけ足痕、タイヤ痕の採取に全力をそそいだ。

おそらく犯人は遺体を捨てるのにいちいち車から出ていない。

胴体だけはべつだが、そのほかの腕、首、足などは、車を退避線に寄せて、窓から捨てたのではないか。

四カ所の退避線に共通するタイヤ痕が発見されれば、それを犯人の車と特定することができる。

ただ雨が洗い流してしまっているという可能性もあり、「タイヤ痕採取器」を使用しても、タイヤ痕を採取できないのではないかと懸念された。

本庁からは捜査一課六係の捜査員たちが首都高に急行した。

高速6号向島線下りから、高速中央環状線をめぐり、高速川口線から東京外環自動車道をへて、高速5号池袋線上りに入る……つまり、犯人は首都高をぐるりとまわって、順次、切断された遺体を捨てていったものと思われる。

左腕、頭部、胴体、左足と発見されたが、右腕と右足だけは見つからなかった。

右腕だけはついに発見されなかったが、右足はすでに発見されていたことがわかった。

高速5号池袋線上りをさらに走れば、そこに南池袋パーキング・エリアがある。

消えた救急隊員からは、怪我人をひとり、それに右足を一本、搬送するという連絡が東京消防庁に入っている。

犯人はバラバラにした遺体を順に首都高に捨てていき、右足だけを残し、南池袋パーキング・エリアで休憩をとった。

もちろん、そのあとで右足も捨てるつもりだったのだろうが、不運にもパーキング・エリアの事故に巻き込まれてしまった。

そう推理するのが自然ではないか。

自分がバラバラにした遺体の右足と一緒に救急車に収容された犯人はさぞかし動転

したことだろう。

この窮地から逃れるために犯人がすべきことといえば……

「救急隊員は殺されてるんじゃないか。所轄の鑑識を呼べ。いや、もう一度、鑑識を救急車に派遣しろ。徹底的に遺留物を調べさせるんだ」

六係の主任がそうわめいた。

一課の捜査員がすっ飛んでいった。

主任の名は井原警部補——本庁と所轄を行き来しながら、ずっと捜査畑を歩んできて、たいていの凶悪犯罪にはびくともしないようになっている。

その井原主任が今回ばかりはさすがに顔色を変えていた。

救急車に残された血痕鑑定が異例の速さで進められた。

それまでは事件とも事故ともつかず、また救急車に血痕が残されているのは当然だという判断もあり、所轄の鑑識もそれほど血液鑑定を急いではいなかった。

血痕鑑定の場合、予備試験、本試験、人血試験をへて、ようやく血液型試験が行われることになる。

が、バラバラ事件に関連し、ふたりの救急隊員が殺されたかもしれない、ということになると、そんな悠長なことをいってはいられない。

鑑識は血液鑑定を急いだ。

救急車に残された血痕は多い。

そのなかでも、とりわけA型分泌型、ＡＢ型分泌型の新しい血痕が注目されることになった。

救急隊員は輸血の必要に応じて血液型が登録されている。

Ａ型分泌型、ＡＢ型分泌型は、ふたりの救急隊員の血液型に合致するのだった。

しかも、これらの血痕はそれぞれ相当量が発見されている。

つまり、ふたりの救急隊員が殺されているという可能性がにわかに高まったのだ。

捜査員たちは一斉に、南池袋パーキング・エリアに、首都高護国寺入口に、東京駅八重洲東駐車場に散った。

とりあえず捜査本部は南池袋パーキング・エリアを管轄内に持つ所轄に設置されることになった。

その捜査本部に次々に捜査員たちの連絡が入ってきた。

南池袋パーキング・エリアで事故に巻き込まれた車はすべて回収されている。

そのなかに一台、運転していた人間が不明な車がある。

白のカローラ、池袋サンシャイン60に近い営業所から借りだされたレンタカーだ。

この営業所では車を貸しだすときに走行計の目盛りをゼロにするのが決まりだ。カローラの走行計はおよそ八十キロになっていたが、これだけでは借り主の所在を突きとめる手がかりにはならない。

最初に本部に入ってきた報告はレンタカーの営業所に向かった捜査員からだった。

「カローラは一昨日の午後に借りだされています。借りた男は太田道雄（おおたみちお）、三十四歳。住所は西船橋のアパートになっていますが、現地の交番に問いあわせたところ、それに該当するアパートはありませんでした。おそらく名前も偽名ではないでしょうか」

「レンタカーを借りるのには免許証をコピーするんじゃないのか。免許証はどうなってるんだ？」

「はあ、顔写真が写っているには写っているんですが、なにぶんにもコピーなものですから、どうにも不鮮明で。背広にネクタイ、眼鏡をかけていて、ほとんど顔の特徴を割り出すことはできません。コピーということもあるんですが、どうも、もともとの写真がそうだったらしいです」

「顔写真がそんなふうで、名前も住所もでたらめということはその免許証そのものが偽造だということか」

「そうだと思います。レンタカーの事務員にも聞いたんですが、カローラを借りた男の特徴はほとんど覚えていませんでした。顔を見られたくなかったんでしょうね。サングラスをかけていたし、終始、うつむきかげんだったそうです。ただ、年齢のわりには老けているな、とそう思ったらしい。きれいな白髪だったというんです。まあ、若白髪ということもあるし、そんなには気にしなかったというんですがね」

「白髪の男、か」

「ええ、白髪の男です」

「免許証の写真と照会しなかったのか」

「ずいぶん写真と印象が違うとは思ったらしいんですけどね。写真を撮ったときには髪を染めていたか、それとも写真を撮ったあとに急に髪が白くなったのか、とにかくそれで印象が違って見えるんだろう、ぐらいにしか考えなかったらしい。毎日のことですからね。要するにそんなには注意していなかったということじゃないですか」

「鑑識を営業所にやるから、きみのほうから協力を要請しておいてくれ」

「わかりました」

「よし、きみは引きつづき聞き込みに当たってくれ——」

井原は電話を切り、宙の一点に視線をすえて、白髪の男か、とそうつぶやいた。

免許証を偽造していることといい、顔を見られないように注意していることといい、この犯人はかなり用心深い男らしい。

——この事件は難航しそうだ。

いやな予感がした。

非常にいやな予感だった。

つづいて八重洲東駐車場に派遣した捜査員たちからの連絡が入ってきたが、こちらの作業は手間どっているようだ。

救急車が八重洲東駐車場に入った前後、駐車場に出入りした車を調べ、指紋を採取するために駐車券を回収しているのだが、まだこれといった収穫はあがっていない。

八重洲東駐車場付近の聞き込みにも当たらせているのだが、いまのところ、めぼしい目撃情報は得られていない。

最後に首都高護国寺入口に派遣した捜査員からも連絡が入ってきた。

やはり、前夜、救急車が護国寺入口をバックして出てきた事実はないという。

ゲートの公団職員は、そんなことがあったらすぐに本部に連絡しますよ、と捜査員の質問を突っぱねたらしい。

救急車は南池袋パーキング・エリアから八重洲東駐車場まで一度も停車することな

く突っ走ったということか。

おそらく、犯人はふたりの救急隊員を殺すか、怪我を負わせるかして、自分自身で救急車を運転したにちがいない。

しかし——

救急車が護国寺に下りてないとすれば、そのあと高速警察のパトカーが白鳥橋カーブから八重洲東駐車場まで追跡していたことを考えあわせると、犯人はどこにも救急隊員を運び出せなかったという妙なことになる。

「パトカーの警察官たちの勘違いなんじゃないか。実際にはパトカーが八重洲東駐車場で救急車を見失った時間は、かなり長かったんじゃないか。その間に犯人は救急車から救急隊員を降ろしたんだ。ただそれだけのことで、そんなにむずかしく考えることはない」

係長がこともなげにそういった。

この係長はいつもそうだ。

いつも物事を単純に考えがちなのは、楽観的というより、官僚的なこと、なかれ主義者だからだ。

——係長にはこの事件のことがよくわかっていない。

井原は胸のなかでいらだたしい思いを噛んだ。

じつは犯人がどこで救急隊員を運びだしたのか、ということはそんなに重要な問題ではない。

どんなに不思議に見えても、現に救急隊員はどこかで救急車から降ろされているのだから、いずれ捜査が進めば、その事実が明らかにされてくるはずだ。

係長がいうように、あんがい、八重洲東駐車場で救急車から降ろされたのだという、単純な結果になるかもしれない。

しかし問題は、どうして犯人が救急隊員を（死んでいるにせよ生きているにせよ）拉致しなければならなかったか、というそのことなのだ。

救急隊員から東京消防庁に入った連絡によれば、救急車に収容された男は、かなりの怪我を負っていたらしい。

捨てようと思っていた右足もろとも救急車に収容され、犯人は心理的に追いつめられたにちがいない。救急隊員を襲い、救急車を奪ったのも、ほかに自分が助かるすべがなかったからだろうが、それにしても重傷を負っていることを考えあわせれば、これはほとんど超人的な行為といってもいいだろう。

犯人はたんに逃げられれば、それでよかったはずではないか。

どうして犯人は重傷の身に耐えてまで、ふたりの救急隊員を救急車から運びださなければならなかったのか？　犯人にそんなことをしなければならない必然性はどこにもないのに。

救急車から逃げるために、あるいは自分の顔を見た人間の口をふさぐために、ふたりの隊員を殺さなければならなかった、と考えるのはそんなに不自然なことではない。

しかし、

——どうして犯人は救急隊員を拉致しなければならなかったのか？

どんなに頭をひねっても井原にはその謎が解けないのだった。

3

首都高速には、左腕、頭部、胴体、左足が捨てられていた。

衣類、装身具など、被害者の身元を特定する手がかりは一切残されていない。

バラバラ死体が発見された場合、それがほんとうに同一人物のものであるかどうか、何よりもまずそのことを確認しなければならない。

その日の午後には、裁判所に「鑑定処分許可書」の交付が求められ、T大法医学教室の楠木（くすのき）教授に鑑定解剖がゆだねられた。

鑑定解剖には捜査一課の井原主任、ほか一名が立ちあうことになった。

楠木教授はまず腰部左右の寛骨と、中央の仙骨とを合わせ、骨盤を組みたてることから始めた。この三つの骨関節はきわめて複雑な形をしているために、同一人物のものでないかぎり、まず合致することはないのだ。

その結果、骨盤はぴったりと合致した。

さらに頸椎（けいつい）に脊椎（せきつい）をあわせ、これが間違いなく、ひとりの人間の遺体であることが確認されたのだった。

まだ右腕は発見されていない。

右足は事故が起こった南池袋パーキング・エリアで発見されているが、おそらく犯人と推測される人間が救急車から（ふたりの救急隊員もろとも）持ち去ってしまった。

右腕と右足のない遺体は、ひとりの人間に組みたてられたあとも悲惨だったが、とにもかくにもこれが同一人物の遺体であることがわかったのだ。

若い女性、身長一六〇センチ、おそらく二十代前半……

すでに鑑識の鑑定で血液型はO型分泌型であることが判明している。

切断部分から、四肢の切り離しにはノコギリ状の刃物が使用されたものと思われるが、遺体には切断部以外にも、じつに三十四にものぼる創傷が残されていた。

致命傷は胸部の刺創による臓器損傷、出血死と判定された。

ふつうの傷のまわりに出血が認められるかどうかで、その傷が生きているときにつけられたものか、あるいは死んでからのものか、それが判断される。これを生体反応（バイタル・アクション）と呼んでいるのだが、この遺体の場合にはバラバラにされたうえに、雨が血を洗い流してしまっている。

傷口が開いているか、腫れているか、化膿しているか……楠木教授は一つひとつの傷について丹念に鑑定していった。

その結果、ほとんどの傷が被害者が生きているときにつけられた傷だと鑑定された。

「ひどいもんですな。要するに犯人は被害者をズタズタに切りきざんでいるわけだ」

楠木教授は顔をしかめて、

「犯人はよほど被害者のことを憎んでいたのか、そうでなければ——」

あとは言葉を濁したが、井原警部補は残りの言葉を頭のなかでつづけていた。

——そうでなければ楽しみのために女を切りきざんだか、だ。

井原も顔をしかめている。

要するにこれは淫楽殺人ということになる。

そうなると、容疑者は被害者周辺の人間ではない可能性が出てくる。被害者の周辺から犯人を絞るのはきわめて困難になってしまうのだ。

こうした通り魔的な殺人事件はどうしても捜査が難航しがちなのだ。

そのことを考えると憂鬱にならざるをえない。

ふつう殺した人間をバラバラにするのは、犯人に被害者の身元を不明にしたいという意図が働いていることが多い。

つまり犯人と被害者は顔見知りの場合が多いのだが、今回の事件にはその例が当てはまらないかもしれない。

――楽しみのために女の体をバラバラにするなどということがあるだろうか。

井原は首筋の毛がざわっと逆だつのを覚えていた。

楽しみのために女をバラバラにする……そうだとすると捜査本部はよほど心して事件の捜査に当たらなければならない。この事件の犯人は一種のモンスターということになるからだ。

創傷のほとんどが切創で、柳葉型の鋭利な刃物によるものと鑑定されたのみで、凶器を特定するまでにはいたらなかった。

性器、肛門部に鈍器による挫裂創、この鈍器は陰茎、およびそれに類する何らかの器具であるらしい。

左手首、左足首、胸部に、表皮剝脱をともなう絞痕が見うけられ、被害者の女性が緊縛された状態にあったことが確認された。

そのほかに特筆すべきことは、女の陰毛が剃られていたことだ。細かい傷が幾つか残っていることからも、これは被害者自身が剃ったものだとは思われない。明らかに犯人がかなり乱暴に急いで剃ったものだった。

楠木教授はそのことについては何も論評しなかったが、こんなふうに女性の陰毛を剃るのは、ある種の特殊な性的嗜好からだと考えるべきだろう。

このことからもこれが淫楽殺人であることが立証されるようだ。

なにぶんにも遺体が発見されたときの状況が状況であり、直腸内温度、胃の残留物、膀胱の尿、死後硬直など、いずれも死亡時刻を特定する決め手とはならないようだ。

結局、眼球角膜の濁りに、そのほかの鑑定結果を総合し、かろうじて死後二十時間から十時間のあいだという程度にとどまった。

井原は時間を確かめた。

このとき午後三時……

「前日の夕方七時から未明五時までというところですか――」

そんなつもりはなかったのだが井原の声にはつい不満げな響きが混じったらしい。

「死亡推定時刻もはっきりしない、被害者の身元もわからない、というんじゃ、われわれはたまりませんな。どこから捜査の手をつけていいのかわからない」

「そんなことはないんじゃないか。被害者の身元を突きとめるのはそんなにむずかしいことじゃないと思うよ」

「え?」

「これを見たまえ」

楠木教授は遺体のわきの下を指した。

そこに三センチほどの細い傷あとが残っている。傷はすでにふさがれていて、うっすらと赤い線が見えるだけだ。

「…………」

それが何だかわからずに井原は楠木教授の顔を見た。

「豊胸手術のあとだよ。乳腺の下を切るのは女性が嫌うんでね。大胸筋下をすこし切って、そこから特殊な容器で生食バッグを挿入してやるんだよ。生食バッグというのはバッグのなかに生理的食塩水を入れたものなんだがね。シリコンと違ってきわめて安全なので、最近の豊胸手術では生食バッグが使われることが多いんだ——」

楠木教授は得意げだった。

「犯人は被害者を全裸にし、バラバラにして身元をわからなくしたつもりなんだろうが、豊胸手術の傷あとまでは気がつかなかったみたいだね。ぼくは美容整形にはくわしくはないが、この手術のあとは、ここ一月（ひとつき）ぐらいのものだと思う。都内の美容整形外科を当たれば被害者の身元はすぐにわかるんじゃないかな」

同級生

1

楠木教授の予測は正しかった。

他の所轄からの応援も含め、五十数名の捜査員が被害者の顔写真コピーを持って、都内の美容整形医院の聞き込みに当たった。

都内でも美容整形医院の数はそんなに多くない。

その日の夜には、新宿の「橋爪美容整形」で被害者が豊胸手術を受けているのを突きとめることができたのだ。

残されたカルテから被害者の名前と住所を知ることができた。

小室京子(こむろきょうこ)、二十三歳、無職、住所は信濃町「信濃ロイヤルパーク・マンション」202号になっていた。

こんなに早くバラバラ遺体の身元がわかろうとは捜査員のだれも予想していなかったことだ。

――この調子だと意外に早く容疑者を絞ることもできるかもしれない。

捜査員たちがそう心をはやらせるのも当然だった。

自宅に電話を入れたが、留守番電話のテープの声が返ってきただけだ。

おそらく被害者はマンションにひとりで暮らしていたのだろう。

数人の捜査員がただちに「信濃ロイヤルパーク・マンション」に急行した。

「信濃ロイヤルパーク・マンション」は三階建ての瀟洒(しょうしゃ)なマンションだった。

井原はそのマンションを見て、小室京子の美容整形のカルテに「無職」と記されてあったのを思いだした。

最寄りの交番で確認したのだが、住民調査でもやはり「無職」となっているらしい。

しかし、「信濃ロイヤルパーク・マンション」は無職の若い女の子が住むことができるようなマンションではなさそうだ。

親からの仕送りでもあるのか、そうでなければあまり大っぴらにしたくない仕事をしていたのだろう。

――水商売かな？

バーやクラブのホステスをしている女性はよく自分のことを無職といいたがる。

切断された頭部からだけでも小室京子がかなりの美人であったことがうかがえる。その派手な顔だちは水商売向きだ。それに、ふつうのＯＬはあまりバストを豊かにする整形手術など受けないのではないか。

小室京子の部屋は二階にある。

管理人にドアの鍵を開けてもらった。

こぢんまりとしたワンルーム、若い女性の部屋らしく、きれいに整頓されていた。

「…………」

捜査員たちの顔に失望の色が滲んだ。

残念ながら、この様子を見るかぎり、小室京子の部屋が犯行現場ではないか、という捜査員たちの期待は外れたようだ。

もっともバラバラ遺体が発見され、その日のうちに被害者の身元が知れ、犯行現場までわかるなどという、そんな美味しい話があるわけがない。

「小室さんはどんな女性だったんですか」

井原は管理人に尋ねた。

「派手な感じのきれいな人でしたね。このマンションには美人が多いんですよ。このあたりじゃいちばんじゃないかな」

「それはお楽しみですな」

「いやいや、わたしなんかもうこんな歳ですからね、若い女性はだれも相手にしてくれませんよ」

管理人は謙遜(けんそん)するようにいったが、見るからに貧相なこの老人では、その謙遜が謙遜になっていない。若い女性が相手にしないのは自明のことだからだ。

「井原さんの交友関係について何か御存知なことはありませんか。このマンションでどなたか小室さんが親しくつきあっていた方はいませんでしたか」

「さあ――」

管理人は心細げに首をひねって、

「とりたてて親しい人はいなかったんじゃないかな。皆さん、お忙しいようだから。わたし自身にしてからが入居者のそうした個人的なことは何も知らないんですけどね」

「そうですか」

井原はうなずいた。

さして失望もしなかった。そんなものだろう、とそう思う。

こうした独身者の多いマンションでは、どうしても入居者の人間関係は希薄になりがちなのだ。何年も暮らしていながら隣りにどんな人が住んでいるのか知らない、ということさえめずらしくなく、それが警察の仕事を困難なものにしていた。

「申し訳ありません。そんなにお手間はとらせませんから、もうすこし立ち会っていただけますか」

井原は管理人に断って、ふたりの捜査員をうながし、部屋に踏み込んだ。

ほかの捜査員たちにはマンションや近所の聞き込みに当たらせている。

小室京子がたんに淫楽殺人の犠牲になったのだとすれば、それまで犯人とのあいだに面識はなく、まったくの流しの犯行だったということも考えられる。

しかし、顔見知りの犯行という可能性が残されている以上、小室京子の交友関係を調べないわけにはいかないのだ。

ふたりの捜査員はさっそく部屋の捜索を開始した。

探すべきものは多い。

できれば小室京子のアドレス帳でも見つかることが望ましい。アドレス帳があれば、被害者の交友関係、とりわけ異性関係を突きとめることができる。

被害者は歯の治療をしていたが、歯科医の診察券でも見つかれば、カルテに残された歯を照合し、それが小室京子本人に間違いないことをさらに確認できる。

捜査員たちが部屋を捜索しているあいだ、井原は留守番電話のスイッチを押し、録音を聞いてみた。

どうやら小室京子はきのうの昼から外出していたらしい。留守番電話に残されていた最初の電話はその時刻が昨日の午後一時になっていた。電話の回数は四本、そのうち三本はただ受話器を置く音が残されているだけだが、一本だけ短いメッセージが入っていた。

――ぼくです。また電話します。

若い男の声だ。

低い、ぶっきらぼうといっていい口調だった。

自分の名を告げていないのは、それだけ小室京子の親しい人間だからだろう。

恋人だろうか？

井原の額に皺（しわ）がよった。唇を噛んで考え込んだ。

「主任――」

そんな井原を捜査員のひとりが呼んだ。その声が異常に緊張していた。

「これを見てくれませんか」

写真立てのなかの写真を示した。

公園かどこからしい。若い男女が何人か並んで写っている。そのなかのひとりは小室京子だ。管理人のいったとおり派手な感じの美人だった。屈託なげに笑っていた。

「…………」

が、井原の視線は小室京子にではなく、べつの若い女性に吸い寄せられていた。

自分でも驚きで目が見ひらかれるのがわかった。

そこに北見志穂がいた。

科捜研特別被害者部の北見志穂がカメラを見ながらまぶしげに笑っているのだった。

2

その夜、志穂はすでに帰宅していた。

いまのところ特別被害者部は事件を抱えていない。科捜研の委託を受け、過去の強姦事件の被害者のパターンを分類するのが毎日の仕事だ。六時には特被室を出て帰宅する日々がつづいていた。

それが自宅でくつろいでいるところに、いきなり警視庁の捜査一課から連絡が入ってきた。

以前、一緒に仕事をしたことのある六係の井原主任からだった。

そして、いやおうなしに「首都高バラバラ死体殺人事件」捜査本部が設置された所轄署に呼びだされることになったのだ。

取り調べ室に通され、被害者の写真を見せられた。

「小室京子さんだわ――」

顔から血の気が引くのを覚えた。

「間違いありません」

青ざめるのは当然だった。

首都高にバラバラ死体が捨てられたことはテレビのニュースで知っていた。

しかし、まさかその被害者が自分の知り合いだなどとは夢にも思っていなかったことなのだ。

「どんな知り合いなんだ?」

井原主任が聞いてきた。

志穂のショックの大きさを斟酌するような男ではない。けっして悪い人間ではないのだが、いざ捜査に入ってしまうと、人の気持ちには鈍感になってしまう。終始、捜査畑を歩んできて、釘のように硬く冷たく鍛えあげられている。

「大学時代、心理学のゼミで一緒でした。信じられないわ。小室さんがこんなことになるなんて……」

志穂は呆然としたままだ。

「最後に会ったのはいつなんだ？」

井原は容赦なく質問を重ねてくる。釘をびしびしと打ち込んでくる感じだ。

「卒業してからは会ってません。この写真は卒業記念にみんなでピクニックに行ったときに写したものなんです。そのときにはもう、わたしは警察学校に通ってた。小室さんはわたしの気がしれないって笑ったわ。警察なんかじゃいい男は見つからないってそういって笑った——」

「いい男がいなくて悪かったな。どうせこんなところさ」

「小室さん、もてたから。ゼミでも小室さんを好きだった人はずいぶんいたわ」

「卒業してから一度も連絡はなかったのか。電話ぐらいはしたんじゃないか。小室京子がいま何をしているかゼミ仲間から聞いたことはないか」

「電話もしなかったし、噂を聞いたこともない。でも、わたし、小室さんは真っ先に幸せになるって信じてた。だって小室さん、あんなにきれいで、いつも自信たっぷりだったんだから――」

「しっかりしろ。あんたも一応は警察の人間じゃないか。もっと気をたしかに持って、おれの聞くことに答えるんだ」

「…………」

志穂は唇を噛んで、目を閉じた。

一瞬、閉じた瞼の裏を小室京子の顔がよぎったように感じた。

小室京子は笑っていた。花のように華やかで美しい笑顔だった。

――小室さん。

卒業してからは一度も会ったことがないし、ゼミで一緒だったときにも必ずしも気のあった友人とはいえなかった。

それなのに、こんなに強いショックを受けたのは、やはりその死に方が尋常なものではなかったからだろう。

――殺されてバラバラにされて首都高に捨てられるなんて……ひどい。あまりにもひどすぎる……

井原がこの男にはめずらしく、いたわるような口調でいった。

「大丈夫か?」

「なにか冷たい飲み物でも運ばせようか」

「いえ、もう大丈夫です。取り乱したりして申し訳ありませんでした――」

志穂は大きく息を吸って、その息をゆっくりと吐いた。そして、しっかりと目を見ひらいて、大丈夫です、とそう繰り返した。

「小室さんとはクラスで顔をあわせれば話ぐらいはしましたけど、大学の外で会ったことはほとんどありませんでした。そんなに親しいほうじゃなかったんです。卒業して、小室さんがどうしていたか、わたし、そのことは聞いていません」

「ほんとうに何も飲まなくていいのか。なんだったらコーヒーもあるぞ。インスタントだけどな。一応、ゴールドブレンドだ」

「大丈夫です。ありがとう」

「小室京子の実家は熊本だ。それは知っているだろう」

一転して井原は事務的な口調に変わる。有能な警部補の口調だ。今日の優しさはここまでというところだろう。伊原にあっては、決して優しさの容量は多くない。

「ええ、聞いています。東京のラーメンなんか食べられたものじゃないっていつもいってました」

「実家のほうに問いあわせたんだけどな。卒業して半年ほどは小さな製薬会社に勤めていた。あまり仕事があわなかったらしい。そこを辞めて、アルバイトで喰いつないでいる、と実家のほうにはいっていた──」

井原は顔をしかめて、

「お袋さんが明日の飛行機で飛んでくるんだけどな。遺体を確認してもらうことを考えるといまから気が重いよ。これだけはいつまでたっても慣れない」

「小室さん、どんなアルバイトをしてたんですか」

「ホステスだ」

「………」

「銀座七丁目の『まりも』というバーで働いていた。部屋に店からの給料明細書が残ってな。それでわかったんだ。ずいぶん売れっ子だったらしい」

「ご実家のほうではそのことは御存知だったんですか」

「いや、聞いていなかったらしい。知ってたらとめてたとお袋さんはいってたよ。熊本に帰ってこいともっと強くいえばよかったって悔やんでいた。気の毒だったな──」

井原は携帯用のテープレコーダーを取り出して、

「小室京子の留守番電話に男の声が残っていた。メッセージを残しているだけで自分の名前をいっていないんだ。これをあんたに聞いてもらいたい」

「わたしにですか」

「ああ、店のママさんにも聞いてもらったんだが、心当たりはないという。仕事がら、いろいろと誘いをかける客も多かったらしいが、小室京子はそれを適当にあしらっていたらしい。そういうところは利口な子だったってママさんはいってたよ。つまり、留守番電話に入っていた声は、どうも店の客じゃないらしいんだよな」

井原はテープレコーダーのスイッチを入れた。

リールがヘッドをこする音、それにつづいて、

——ぼくです。また電話します。

そう声が聞こえてきた。

それだけだ。

「………」

志穂は眉をひそめた。

その顔を見て、

「もう一度、聞いてみるか」

井原はテープレコーダーに指を伸ばした。

そのとき——

取り調べ室のドアがノックされ、井原が返事をするよりさきに、ドアが開かれた。

顔を出した男が、よう、と井原にあごをしゃくった。

「うちのお姫さまが呼びだされたって聞いたんでな。またぞろ本庁の捜査一課にいじめられているんじゃないかって思って迎えに来たんだよ」

特被部の袴田（はかまだ）刑事だ。

志穂の相棒で、囮捜査をするときにはいつも護衛をしてくれる。

まだ五十歳にはなっていないはずだが、妙にじじむさいところのある、頼りになるといえばなる、ならないといえばならない、そんな刑事だった。

各署の防犯課をたらい回しにされ、ようやく本庁勤務になったと思ったら、特被部に出向になってしまった。その経歴を考えればあまり有能な刑事ではなさそうだ。袴田は巡査部長で、警察の階級からいえば警部補の井原より下なのだが、そこは歳の功でなんとか対等な口をきいている。

「いやなことをいうぜ、袴田さん」

井原は袴田が苦手らしい。露骨に顔をしかめて、

「これまで特被部の囮捜査官をいじめたことなんかないだろう」

「そうでもないんじゃないか。このまえの山手線の事件ではあれこれとやってくれたじゃないか――」

袴田はそれ以上、井原に嫌味をいおうとはせず、大丈夫か、と志穂にそう声をかけてきた。

志穂はテープの声を聞いていた。

うん、と袴田には生返事をし、

「わたし、この声に心当たりがあります」

井原に顔を向けた。

「ほんとうか」

井原の表情が緊張した。

「ゼミの同級生で正岡則男（まさおかのりお）という人だと思うんですけど。ゼミのころから小室京子さんとつきあっていました。わたしたちふたりは恋人だってそう考えていました――」

そう答えながら、胸の底に鈍い痛みのようなものを覚えていた。

正岡則男は成績のいい、まじめな青年だった。それだけに、なにかと派手で、どちらかというと浮気な小室京子を持てあますことも多かったらしく、ときおり暗い表情で沈んでいたことを思いだす。

志穂は小室京子とのつきあいは通りいっぺんのものでしかなかったが、正岡則男とはよくゼミの帰りなどに一緒にお茶を飲んだりしたものだ。

そのころ志穂にもつきあっていた相手がいて、正岡則男とはただお茶を飲むだけの関係で終わったが、そうでなければ交際に発展したかもしれない。

いや、と志穂は胸のなかで首を振った。

——やっぱり、そんなことにはならなかったろう。

正岡則男は、はた目にもはっきりわかるほど、小室京子を愛していて、とてもほかの異性のことを考える余裕などなかったはずなのだ。

大学を卒業してからの一年の歳月を思わずにはいられない。

その小室京子がバラバラ死体になって首都高で発見された。

留守番電話に残っていた声が、彼のものだとわかったところで、べつだんそれで正岡則男が容疑者と決まったわけではない。

しかし、それでもやはり志穂の胸には、友人を警察に密告したような、そんな後ろめたい思いが残されたのだった。

3

その翌日——

捜査一課六係と所轄署の捜査員たちが正岡則男の内偵に動いた。

首都高で発見されたバラバラ死体が小室京子であるということはまだマスコミには発表されていない。

——母親の遺体確認を待ち、また歯型を照合してからでも、マスコミに発表するのは遅くない。

というのは捜査本部のたてまえで、じつは被害者の姓名を発表し犯人に無用な動揺を招いてはならない、という判断が働いたからだった。

殺した遺体をバラバラにしたのは犯人に被害者の身元が知れるのを避ける意図があったからだろう。

つまり被害者の身元がマスコミに発表されないうちは、犯人は捜査が自分の身辺におよぶなどとは考えない。

妻が殺されればまず夫を疑い、未婚の女性が殺されれば恋人を疑う……

これは殺人事件捜査の常道で、小室京子の場合、彼女とつきあっていたという正岡則男が疑われることになるのは当然だった。

「これは意外に早く真犯人（ホンボシ）があがるかもしれませんね」

捜査員たちは勢い込んだが、井原はそれほど楽観的にはなれなかった。

これは顔見知りの犯行ではなく、通り魔的な行きずりの淫楽殺人ではないか、という印象を拭いきれなかったからだ。

それに南池袋パーキング・エリアに残されていたレンタカーのこともある。正岡則男は二十三歳、どう考えても、そのレンタカーを借りたという白髪の男とは別人だろう。

南池袋パーキング・エリアで事故にあい、女の右足と一緒に救急車に収容され、ふたりの救急隊員とともに八重洲東駐車場で姿を消してしまった……

ふたりの救急隊員はまだ発見されておらず、その安否が気づかわれるが、これだけのことをわずか二十三歳の若者がしてのけられるだろうか？

それに犯人は事故に巻き込まれ、救急車に収容されている。そのことから考えても犯人は重傷を負っているのではないか、という異論も出た。しかし、なにぶんにも混乱した事故の最中であり、救急隊員の報告を全面的に鵜呑（うの）みにするのは捜査をあやまる危険性がある。犯人が怪我を負っているかどうかは、とりあえずこれからの捜査の進展にゆだねようということになった。要するに、この矛盾は捜査本部から無視されることになったのである。

それだけではない。

被害者の身元をわからなくするために遺体を切断したのだとしたら、どうしてそれをわざわざ人目につきやすい首都高などにばら撒(ま)いたりしたのか、という疑問もある。

しかし犯罪捜査に矛盾はつきものだ。

その矛盾は矛盾として容疑者の絞り込みに全力をそそぐのは当然のことだった。

正岡則男はJ銀行に就職している。一年で為替課に抜擢されていることからも優秀な銀行マンだということがわかる。

大学を卒業したあとも小室京子との交際はつづいていた。

正岡は九段下の単身用マンションで独りで生活している。小室京子はその部屋に頻繁に出入りしているのを目撃されている。隣りの部屋に住んでいるＯＬに小室京子の写真を見せてそのことを確認した。

捜査員が勢い込んだのは、そのＯＬからこんな証言を得たからだった。

「一昨日(おととい)の夜だったら、二時半ごろ、お隣りに電話があったわ。わたし、深夜テレビを見てたから時間に間違いはありません。しばらく鳴ってたけど、結局、正岡さん、電話に出なかったみたい。誤解しないでね。わたし何もお隣りのこと盗み聞きしてるわけじゃないんです。このマンション、安普請で壁が薄いんです。それで電話のベルの音なんか聞きたくなくても聞こえちゃうんです」

つまり、正岡は、事故のあった前後、自室にいなかったということになる。隣りのOLの証言ではかなり長いあいだ電話は鳴っていたらしい。いくら眠り込んでいたとしても電話に出られなかったとは考えにくい。

遺体鑑定では前日の午後七時から当夜の午前五時ぐらいまでが死亡推定時刻となっている。その誤差はじつに十時間にもおよぶ。つまりバラバラに切断された遺体が雨にさらされていたことから死亡推定時刻を絞り込むことができなかったわけだ。

しかし高速5号池袋線上りの南池袋パーキング・エリアで起こった事故から犯行時刻を推定することはできる。

事故が起こったのは午前二時……

そのときには犯人は高速6号向島線（荒川）に左腕、中央環状線（扇大橋）に頭部、川口線（入谷町）に胴体、5号池袋線（高島平）に左足と捨てていて、南池袋パーキング・エリアでは右足だけを残していた。

その夜は渋滞もなかったし、ただ首都高を走るだけなら、たいした時間はかからなかったろう。

が、バラバラにした遺体を退避線に捨てる手間を考えあわせれば、6号向島線から5号池袋線まで、少なくとも一時間から一時間三十分の時間は要したのではないか。

これを南池袋パーキング・エリアの事故時間から逆算すれば、犯人は午前零時半ごろにはすでに首都高に乗っていたという計算になる。

このことと遺体鑑定の死亡推定時刻を重ねあわせ、さらに遺体を切断するのに要する時間を考慮すれば（遺体の切断には電動ノコギリが使われたと推定されている。これに少なくとも一時間はかかる）、小室京子は前日の夕方七時から午後十一時半ごろまでに殺害されたものと考えられる。

そしてその夜の零時半にはすでに首都高に乗っていて、バラバラにした遺体を捨てまわり、午前二時に南池袋パーキング・エリアで事故に遭遇した。救急車を奪って、ふたりの救急隊員もろとも八重洲東駐車場に消えたのが午前二時半ごろ……

その午前二時半ごろに正岡則男が自室にいなかったというのは重要な証言だ。

捜査員からその報告を受けて捜査本部は色めきたった。

常識的に考えれば、入社して間もない銀行マンが、平日の深夜二時半ごろ、自分の部屋にいなかったというのは、なにかよほどの事情があったものと見なすべきだろう。

　さらに一週間ほどまえ、マンション近くの喫茶店で、正岡が若い女性と激しい口論をしていたという証言を得られた。

　口論がつのって、女はぷいと席を立ち、正岡はそのあと憮然（ぶぜん）としてコーヒーを飲んでいたという。

　正岡は日頃からその喫茶店をよく待ちあわせなどに使っていて、それでウエイトレスがそのことを覚えていたのだ。

　ウエイトレスは相手の女性の顔までは覚えていなかったが、それが小室京子であった可能性は大きい。

　正岡と小室京子との仲はうまくいっていなかったのではないか。

　もっとも被害者と口論し、犯行当夜、自室にいなかったからといって、それだけですぐさま正岡則男を容疑者と断定するわけにはいかない。

　正岡の自室が犯行現場の可能性もあるが、これだけの材料では、まだ捜索・差押え許可状を申請することはできない。

　とりあえず捜査本部としては正岡則男に任意出頭を求めることにした。

　ここで論議されたのは、正岡を被疑者としてあつかうか、それとも参考人として任意出頭を求めるか、ということだ。

被疑者として任意出頭を求める場合には、呼び出し状を出すことになる。これは相手が任意出頭に応じない場合、その呼び出し状を疎明資料として、逮捕状を請求することができるからである。

が、捜査本部としては慎重を期し、ここは被疑者としてではなく、参考人として任意出頭を求めるほうが良策だろうという結論に落ちついた。

正岡はJ銀行に勤めている。

しかも入社して一年たらず、為替課に配属されてからも、まだ間がない。

銀行というところはとりわけ犯罪がらみのスキャンダルを嫌う。

よしんば参考人としてでも警察に任意出頭を求められれば、周囲の正岡を見る目は変わってくるだろう。

被疑者ということになれば、それもやむをえないが、参考人の生活権をおびやかすようなことは避けなければならない。

正岡の人権を考えれば任意出頭を求めるのにも十分な配慮を払うべきだった。

できれば銀行の同僚、上司たちにも気がつかれないように、本人に捜査本部に足を運んでもらえればそれがいい。

こうして担当検事の判断で科捜研特別被害者部が「首都高バラバラ死体殺人事件」に協力することになったのだった。

まず東京地検刑事部の「本部事件係」那矢（なや）検事から特被部の遠藤（えんどう）部長に協力を要請する電話があった。

そして遠藤部長の快諾を得たのち、「首都高バラバラ死体殺人事件」捜査本部の井原主任から北見志穂に連絡があったのだ。

志穂は浮かない顔をして電話を切った。

井原主任は志穂に正岡則男に接触してくれと依頼してきたのだ。

正岡に会い、任意出頭を求めて、捜査本部まで同行してほしいという。

捜査本部が正岡の人権を考慮しているのはわかるが、どうやら井原の口ぶりでは正岡に嫌疑をかけているらしいのだ。

志穂はゼミの同級生として正岡に会う。しかし任意出頭を求めれば、それはもう友人としてではなく、警察の人間として接することになるだろう。

正岡が殺人の嫌疑をかけられているとすればなおさらのこと、志穂の行為は友人を裏切ることにならないか。

が、東京地検からあらかじめ特被部に了解を得ているのであれば、それを志穂が自分の一存で断るわけにはいかない。

志穂は憂鬱だった。

どうして特別被害者部の囮捜査官などになったのか後悔する思いだった。

ゼミの同級生が「首都高バラバラ死体殺人事件」の被害者であることはすでに同僚たちに話している。

そして、その被害者と交際していた、やはりゼミの同級生に、捜査本部が関心を持っているらしいことも打ちあけている。

そのために電話を聞いていて、だいたいの事情を察したらしい。

袴田がこう言葉をかけてきた。

「何もそんなに深刻に考えることはない。心配しなくても、あんたの友達が犯人（ホンボシ）と決まったわけじゃないんだ。事情聴取して、はい、ご苦労様でした、とすぐに帰されることになるさ」

「そうかしら」

「そう考えたほうがいい。気持ちが楽になる。友達を裏切るなんて大時代に考えないほうがいいってことさ」

「あの人が京子さんを殺すなんてそんなことは考えられない。まじめで明るい人なのよ。京子さんを殺して、それでその遺体をバラバラにして首都高にばら撒くなんて、そんなことのできる人じゃないわ」

「まあ、人は見かけによらないっていうけどな――」

袴田は人の神経を逆撫でにするようなことをけろりといい、

「井原もあんがいだな。よくそんなことをあんたに依頼してきたもんだ。おれにも経験のあることだけどな。刑事が知ってる人間を捜査するってのは嫌なもんだからなあ」

「…………」

志穂は唇を噛んだ。

袴田は嫌なもんだなどと簡単にいうが、そんな単純なものではない。そんなふうにあっさり片づけて欲しくはない。

なにか青春時代の思い出を土足で踏みにじるような、そんな自己嫌悪に似た気持ちにかられていた。

任意同行

1

三月十六日、金曜日——

志穂は正岡則男に連絡をとった。

正岡はJ銀行の日比谷支店に勤務している。

午後六時、日比谷の映画街にある喫茶店で待ちあわせをした。

花の金曜日だ。喫茶店はデートの男女でこみあっている。

ふと志穂は自分もこれから好きな男とデートをするような錯覚にとらわれた。

――ほんとうにそうだったらどんなにいいか。

学生時代、正岡とはゼミの帰りによくふたりでお茶を飲んだものだ。ふたりともつきあっている相手がいたから、それ以上に発展はしなかったが、たがいに好意を持ちあっていたのはまちがいない。

――卒業して一年か……

窓の外を見ながらそのころのことをぼんやり思いだしていた。

約束の時刻に二十分遅れて、正岡は喫茶店に駆け込んできた。

「やあ、悪い、悪い。銀行というところは残業が多くてさ――」

正岡は笑って腰をおろした。

学生時代そのままの屈託のない笑いだ。銀行に勤めてもその少年っぽい印象に変わりはない。懐かしかった。

「ごめんなさい、忙しいのに呼びだしたりして」

志穂は頭を下げた。

「そんなことはいいよ。忙しいのは忙しいけどさ。明日は土曜で休みなんだ。いつもは土曜日でも休日出勤させられることが多いんだけどね。明日は休める。だから今日は少しぐらい遅くなっても大丈夫なんだ」

「大変そうね」

「うん、大変だよ。どんな仕事だって同じだろうけどさ。銀行がこんなに競争が激しいところだとは思ってもいなかった。ぼくのいる為替課なんか特にそうだ。まるで自分が競馬の馬にでもなったような気持ちがするよ」

「競馬の馬？」

「いまのところはまだパドックで準備中というところだけどね。すぐにゲートを出ることになる。そうなったら何があっても走りつづけなけりゃならない。休むことなんかできないよ」

正岡の口調には若者らしい気負いが感じられた。ふと志穂はそんな正岡に姉のようないたわりの念を覚えた。

「あまり最初から張り切らないほうがいいんじゃない。がんばるのはいいことだけど、がんばりすぎるのはどうかと思うよ。健康が大切だわ」

「うん、そうなんだけどね。これも競馬とおなじでさ。走らなくなった馬は殺されちゃうんだよな。いったん走らなくなった馬はもう矯正がきかないと判断される。企業というところはそういうところなんだよ」

「わあ、大変だ。じゃあ、せいぜい頑張って殺されないようにしないとね」

「ぼくは大丈夫さ。完走するし一着にもなる。なんだったらさ、馬券を買ったら？　買っても損はかけないよ」

「もしかしたら大穴かな」

「配当はばっちりだよ」

「凄い自信ね」

「ほんとはそうでもないんだ。ただ、そんなふうにでもして自分を鼓舞しないと挫けちゃいそうでさ。仕事きついからさ。ほんとはカラ元気なんだけどね――」

正岡ははにかんだように笑い、

「でもさ、一着になれるかどうかはわからないけど完走はするよ。そのことは保証する。ぼくの馬券買わない？」

「………」

正岡は冗談めかしているが、暗に何をいわんとしているのかはわかった。

胸のなかで、この喫茶店と、よくふたりでお茶を飲んだキャンパスの喫茶室とが重なりあった。

平静ではいられなかった。

心の底にかすかに波だつものを覚えた。

それは囮捜査官を志してからというものほとんど忘れてしまっていた感情だった。自分が女であるという*あかし*の感情だ。

しかし、

「残念だけどパスするよ。正岡さんの馬券を買う人はわたしじゃないもんね」

いまの志穂は立場上そういわざるをえなかった。

「京子のことか――」

正岡の表情が曇った。

「あいつとはこのごろうまくいってないんだよ。ぼくたちはもう駄目かもしれない。努力はしてるんだけどさ」

「小室京子さん、銀座でホステスをしてたんですってね」

自分でも気がつかずについ過去形を使ってしまった。

「知ってるのか」

正岡は驚いたようだ。

が、すぐに自分の思いにとらわれた暗い表情になって、

「最初はほんのアルバイトのつもりだとそういった。ほんの腰掛けのつもりだってそういってたんだよ。ホステスなんて嫌だったからさ。ぼくは反対したんだけどね。い

まは女子の就職状況がこんなふうだからさ。アルバイトだといわれれば反対しきれなかった。ところが、そのうちに自分には水商売があうんじゃないか、とそんなことをいいだして――」

「…………」

「ぼくは行ったことがないけどさ。銀座では高級なほうのバーらしい。客なんかもカネのある奴らばかりでさ。ぼくのようなぺーぺーとつきあっているのが馬鹿らしくなったんじゃないかな。このごろじゃ会えば別れ話ばかりだ。もうぼくたちは駄目さ。正直、ぼくのほうには未練がある。だけど、京子のほうにはもうその気はないらしいんだ」

正岡の口調にかすかに自嘲の響きが感じられた。

「最近ではいつ京子さんに会ったの？」

「先週かな。そのあと部屋に電話を入れたりもしたんだけど、ここのところ連絡がつかずにいるんだ」

「最後に会ったとき京子さんの様子に何かおかしなところはなかった？　誰かにつけまわされているとか、いたずら電話が頻繁にかかってくるとか、そんなことはいってなかったかしら？」

「いや、そんなことはいってなかった。どうしたんだ？　まるで警察みたいな口を
――」

そういいかけ、目を瞬かせ、

「そうか、きみは警察関係の仕事をしてるんだよな。だけど、どうしてそんなことを聞くんだ。京子の身に何かあったのか」

「首都高のバラバラ殺人事件は知ってる？」

志穂は声を低めた。

「ああ、新聞で読んだ」

正岡はうなずいて、ふいに愕然とした表情になり、

「まさか――」

「………」

志穂はうなずいた。

「そんな……まさか……」

正岡は呆然としているようだ。

友人としてならそのショックと悲しみをやわらげるようにすべきだろう。が、いまの志穂は友人として正岡に会っているわけではないのだ。

「被害者の身元はまだマスコミに発表されていない。でも、もうそろそろ歯型の確認が済んでいるから明日には発表されるはずよ。しっかりして。犯人を逮捕するためにはあなたの協力が必要なのよ。どんな些細なことでもいいから思いだして欲しいの。このごろ京子さんの様子に何かおかしなところは感じられなかった？」

正岡はまだ呆然としているようだったが、なんとか気をとりなおしたらしく、血の気のうせた唇を震わせるように、そういえば、とつぶやいた。

「最後に会ったとき京子が妙なことをいってたっけ」

「妙なこと？」

「うん、凄いものを見ちゃったとそんなことをいってた。とんでもないものを見ちゃったって――」

「凄いもの？　とんでもないもの？　何のこと、それ？」

「わからないんだよ。ぼくも聞いたんだけど京子は笑っているばかりで何を見たんだか教えてくれなかった。とにかく凄いものだってそういうばかりでさ」

「…………」

一瞬、志穂は視線を宙にさまよわせた。

小室京子はなにか凄いもの、とんでもないものを見たという。

どこでなにを見たのか？

もしかしたら、それは見てはならないものだったのか。見てはならないものを見て、それで殺されてしまったのか。

しかし、ただ京子の口をふさぐためだけに殺したのだとしたら、犯人はどうして遺体をバラバラにする必要があったのか。

——凄いもの、とんでもないもの……

京子はなにを見たのだろう？

が、いまはそれを考えるより、志穂にはやらなければならないことがあった。友人としてではない。科捜研「特別被害者部」の捜査官としてやらなければならないことがある。

そのために志穂はこうして正岡と待ちあわせをしたのだった。

「捜査本部では参考人としてあなたの話を聞きたがってるわ。死んだ京子さんのためにも捜査に協力してもらえないかしら。プライバシーは守るし、絶対にあなたに迷惑をかけるようなことはしないから、これから所轄に同行してもらいたいのよ」

「………」

正岡の顔が見るみるこわばっていくのを、志穂はなにか痛ましい思いで見た。

その痛ましい思いは、正岡に向けられたものというより、むしろ友人に対して捜査官として接しなければならない自分に向けられたものであるようだった。

2

志穂と正岡が「首都高バラバラ死体殺人事件」捜査本部の設けられた所轄署に着いたときには夜の八時をまわっていた。

「やあ、どうも、わざわざご足労いただいて恐縮です——」

正岡を迎えて井原はにこやかだった。

「今回はとんだことでさぞかしお力落としのことでしょう。こんなときに何なんですが、亡くなった小室京子さんのためにも、ぜひともご協力をあおぎたい。一日も早く犯人を逮捕することが小室京子さんのご供養にもなるのですから」

「はあ」

正岡はただうなずいただけだ。

まだ小室京子が殺されたのを知らされたショックから回復していないらしい。ただ呆然としていた。

井原、正岡、それにやはり一課の刑事ひとりが取り調べ室に入っていった。
志穂は待つことにした。
待ちつづけた。
盗犯、強行、暴対が雑然と一緒になっている刑事課の大部屋だ。
こんな時刻に若い女がひとりでいるのはめずらしい。
出入りする刑事たちが志穂に好奇の視線を向けてきた。
十時をまわった。
それでも取り調べは終わらない。
すこし時間がかかりすぎるようだ。
取り調べ室から刑事が出てきた。
刑事課長はすでに帰宅していて、刑事課長補だけが残っていた。
一課の刑事はその刑事課長補に何事かささやいた。
刑事課長補はうなずいて電話を取った。
「まだ時間はかかりそうですか」
ふたたび取り調べ室に戻ろうとする刑事に志穂はそう聞いた。
いや、と刑事は首を振り、

「そろそろ終わりだ」

「よかった、それじゃ正岡さんは帰れるんですね」

「帰れる？」

刑事はけげんそうな顔になり、

「いや、遅くなったから今日の取り調べは終わりということだよ。正岡には泊まってもらうことになる」

「泊まる？　留置するんですか」

志穂はあっけにとられた。

「そんなのおかしいわ。だって正岡さんは参考人として任意同行させたんでしょう」

「これだけの事件だ。多少、異例でも、念のために逮捕状を取っておくぐらいの準備はしておくさ」

「でも、正岡さんは参考人じゃないですか」

「参考人じゃない。被疑者だよ。任意を逮捕に切り替える。すでに逮捕状も取ってある。課長補の承諾も得たからな。これから逮捕状を執行するところだ――」

「逮捕状を取ってあったのにいままで執行しなかったんですか」

「あんただって警察官の端くれじゃないか。刑訴規則ぐらいは覚えておいて欲しいもんだな——」

刑事は露骨に不快げな顔になり、

「逮捕状は許可状だぜ。発付されてもそれを執行する義務はないんだ。逮捕状が発付されていても、被疑者に罪証隠蔽(いんぺい)のおそれがない場合は、任意のまま取り調べをおこなうことができる」

「それがどうしていまになって逮捕状を執行することにしたんですか」

「その必要が出てきたからだよ。取り調べをしているうちに不審な点が出てきたんだ。決まってるじゃないか。ガタガタいうんじゃねえよ。素人がうるせえんだよ」

「素人……」

志穂は唖然とした。

以前、山手線で連続殺人事件が起きたときにやはり志穂は捜査一課六係と一緒に捜査をしている。そのときの刑事たちの囮捜査官に対する偏見と反感は大変なものだった。さいわい志穂の囮捜査が功を奏して、犯人を逮捕することができたのだが、それで刑事たちの偏見と反感を一掃できたわけではなかったらしい。

しかし、いま取り調べを受けているのは志穂の同級生なのだ。そんなことで怯(ひる)むわけにはいかなかった。

「待ってください」

話を打ちきって取り調べ室に戻ろうとする刑事を呼びとめた。

「不審な点というのは何ですか」

「正岡にはアリバイがないんだよ。夜中の二時半ごろに隣りの女が正岡の部屋で電話が鳴るのを聞いている。正岡はその電話に出ていない。事件のあった夜、正岡は外出していたんだよ――」

刑事は文句があるかというように肩をそびやかし、

「それなのに零時過ぎに近所のコンビニで弁当を買って帰宅して、それからずっと部屋にいたといいやがる。それもごていねいに肉ジャガ弁当で、しかも一〇〇円割り引きだったって、そこまでいいやがるんだからな。いいタマだぜ。疲れて熟睡していたから電話が鳴ったのに気がつかなかったんだろうっていいやがる」

「どこも不審じゃないじゃないですか。疲れていたらそんなことだってありますよ」

「すぐにそのコンビニに所轄の刑事を走らせたんだよ。コンビニってところはな、在庫管理が徹底してるんだよ。何日の何時に何が売れたのか記録が残されているんだ。犯行当日のその時刻に肉ジャガ弁当は売れていない。コンビニの店員も正岡のことを覚えていなかったよ。あいつ、もっともらしく嘘をついたつもりなんだろうが、やりすぎて墓穴を掘りやがった」

「……」

「それにな。正岡は近所の駐車場で月ぎめ契約をして車を置いている。そこのオーナーが、月曜日の深夜、事件当夜に、正岡が車を駐車場から出したとそう証言しているんだよ」

「深夜って何時ごろですか」

「個人でやってる小さな駐車場なんだぜ。コンビニとはわけが違う。記録なんか残ってるもんか──」

「……」

「オーナーは貸しビルを持ってて、その一階を管理人室にして、ひとりでそこに住んでいる。裏の空き地が貸し駐車場だ。オーナーはもう寝てた。年寄りだからな。それがエンジンの音で起こされたんだ。それで窓から正岡の車が出てくのを見たとそう証言しているんだ。深夜っていうんだから遅い時間なんだろうよ。それが何時だろうとどうでもいい。問題は、あの夜、正岡は外出しているのに、それを隠してるということだ。あいつが犯人（ホンボシ）だよ」

刑事は、もう勘弁してくれ、というように片手を振って、そのまま取り調べ室に戻っていった。

「………」

志穂は唇を噛んで立ちすくんだ。

井原主任に対して猛烈に怒りがわいてくるのを覚えた。

すでに逮捕状を取っているのに、それをぎりぎりまで執行せずに、任意のまま、被疑者の取り調べをつづけるのは、警察の常套手段といっていい。

いったん逮捕状を執行すれば、それから四十八時間以内に被疑者を検察に送るかどうか決めなければならない。任意の取り調べはその時間に加算されないから、ぎりぎりまで逮捕状の執行を遅らせれば、それだけ被疑者を長く捜査員のもとにとどめておくことができるわけだ。

逮捕状を執行した時点で、被疑者には弁護人選任権があることを告げられるが、起訴前の段階では国選弁護は認められていないから、これはほとんど有名無実の権利といっていい。

日本では、通常、一般の人間はこんなときにすぐに連絡できる弁護士の知り合いなどいないからだ。

井原に対する怒りはつのるばかりだ。

──わたしを利用したのね。

かつての同級生という立場を利用し、正岡を任意同行に同意させた。井原は仕事を離れれば、まずは好人物といっていい人間なのだが、いったん捜査に着手すると骨の髄から刑事という名の猟犬になりきってしまう。事件を解決するためなら、多少の強引な手段もじさないし、ましてや素人の囮捜査官を利用することなど何とも思わないだろう。

井原はそんな男だった。

しかし──

志穂にはとうていそれは我慢のできないことなのだ。

井原たちが様々な捜査テクニックを駆使して正岡を取り調べるのはいい。が、志穂までがかつての同級生という立場を利用し、自分をおとしいれたと正岡にそう思われるのは耐えられないことだ。

志穂には正岡が小室京子を殺したなどとはとても信じられない。そんなことはありえない。あってはならないことだった。

──なんとかして正岡さんの無実を証明しなくちゃ。

正岡の潔白を証明するのは、志穂にしかできないことであるし、おそらくそれは彼女にかせられた義務でもあるだろう。

3

志穂はすぐに動いた。

「首都高バラバラ死体殺人事件」のような大きな事件になると、捜査の主導は本庁捜査一課の刑事たちになり、おなじ「捜査本部」の専従でも所轄の刑事たちはいわば下働きのような立場にあまんじることになる。

どうしても所轄の刑事たちは本庁捜査一課に対して不満をいだきがちだ。話の持ちかけ方さえまちがえなければ、そんな所轄の刑事から情報を引きだすのはたやすい。

こんなときに女の魅力という武器を使わなくていつ使う？　こういうときのために、いつもは使いおしみをしているのだから。

それに今回の事件では、一応、特被部は「捜査本部」に組み入れられているたてまえになっている。

所轄の捜査員から、正岡則男が借りているという駐車場と、当夜、月曜日の夜に肉ジャガ弁当を買ったというコンビニの場所を聞きだした。

捜査本部の置かれている所轄は事故のあった「南池袋パーキング・エリア」を管轄に持っている。

つまり正岡のマンション付近まではタクシーではほんの十分たらずの距離なのだ。

所轄署のまえでタクシーを拾った。

個人タクシーらしい。

愛想のいい運転手だったが、行き先を告げると、とたんに不機嫌になった。

近くなのが気にいらないのだろう。

「高速に乗っていいですか」

そう聞いてきた。

高速に乗るほどの距離ではないが、いまの志穂は気がせいて、タクシーの運転手と押し問答する気分ではない。

いい、と答えた。

運転手は返事もしなかった。

こんな顔をした落語家がいたような気がする。高座では精いっぱいおどけて見せる落語家も、楽屋では不機嫌な人間が多いと聞いた。

春日通りから不忍通りに抜けて、護国寺入口に向かった。

そういえばこの高速5号池袋線上りで、南池袋パーキング・エリアの事故が起こり、パトカーに追われて、救急車が八重洲東駐車場まで突っ走ったのではないか。

救急車からはふたりの救急隊員が消えている。

高速警察は、いったん救急車がこの護国寺入口にバックで突っ込んで救急隊員の死体を降ろしたのではないか、とそうも疑ったと聞いている。

しかしゲートの係員が救急車など下りてこなかったと否定したらしい。

護国寺入口のゲートを抜けた。

ゲートのボックスには五十がらみの係員が入っていた。

これが救急車など下りてこなかった、とそう警察に証言した当の係員だろうか。

運転手がチケットを渡すとき、係員が車のなかを覗き込んで妙なことを聞いてきた。

「この人もそうなのかい？」

好奇心に満ちた、というより、はっきりと下卑ていると言っていい笑いを浮かべていた。

「…………」

運転手は志穂にも聞こえるほどの大きな舌打ちをした。

そして首を振った。

違う、という意味なのか。

ゲートの係員は、しまった、という顔をした。慌ててボックスに引っ込んだ。

高速に乗ってから、

「さっきの、あれ、何のことですか？」

そう尋ねてみたが、運転手は聞こえなかったふりをしていた。

首都高を飯田橋出口で下りて、新目白通りを九段下方面に向かった。

正岡が借りているという貸し駐車場のまえでタクシーを降りた。

走り去っていくタクシーの尾灯をしばらく見送った。

「………」

志穂は眉をひそめていた。

どうしてか妙にその個人タクシーのことが気持ちのうえで引っかかるのだ。

タクシーのなかに運転手の名前が表示されていた。

念のために、その名前を手帳に書きとめておいたが、自分でも何がそれほど気にかかるのかよくわからない。

——この人もそうなのかい？
ゲートの係員の言葉を思いだして首をひねった。
あれは何のことだろう？

ポリグラフ検査

1

しかし、いつまでもタクシーのことなどにかかずりあってはいられない。

逮捕状が執行されれば、取り調べ官から逮捕理由となった犯罪事実の要旨と、弁護人選任権が告げられ、さらに被疑者には弁解の機会が与えられる。この弁解の機会が与えられることを弁解録取書作成と呼んでいるが、このあと四十八時間、被疑者は警察署にとどめられることになる。

井原警部補は本庁と所轄を行き来し、刑事畑ばかり十数年も歩んできて、犯罪捜査のイロハをすべて知りつくしている。

深夜にわたって取り調べをつづけると、被疑者が疲労し、その結果、自白の任意性が疑われることにもなりかねない。

当然、井原はそのことを知っているだろうから、弁解録取書を作成すれば、そのあと、そんなに長く取り調べをつづけようとはしないはずだ。

翌日、早朝から取り調べを再開すれば、自白の任意性が疑われることはないし、それだけ送検も容易になるのだ。

志穂としては、正岡則男が留置場に入れられるまえに、なんとか釈放にまで持っていかなければならない。

逮捕状が執行されても、留置の必要がないと見なされた場合には、被疑者を自宅に帰すのはよくあることだ。

これがいったん留置場に入れられれば、警察の面子もあり、被疑者が釈放されるのはむずかしくなる。

つまり志穂としては、正岡が留置場に入れられるまえに、釈放するのもやむなし、という根拠を見つけ、所轄に戻らなければならない。

もう十一時に近い。

こんなところで手間どっていると本当に正岡は留置場で夜を過ごすことになる。そのことを想像するだけで胸が痛んでくるようなのを覚える。

グズグズしてはいられないのだ。

貸し駐車場に入った。

せいぜい十台たらずのスペースしかない小さな駐車場だった。

駐車場を囲んでいるフェンスに、無断駐車された方には二万円をいただきます、とか、子供を遊ばせた人からは一万円をいただきます、などと書かれた厚紙がベタベタと貼られていた。

オーナーはかなりの年寄りらしいが、それらの貼り紙から、その人柄がうかがわれるようだ。

駐車場に接して四階建てのビルがある。

その一階の管理人室にオーナーの老人は住んでいるという。

志穂は貸しビルに向かった。

玄関を入るとすぐ横に管理人室のドアがある。

ドアのブザーを押したが、その音が思わず飛びあがるほど大きかった。

「はい」

やがて薄汚れたジャージーの上下を着た老人が出てきた。うさん臭そうに志穂を見る。

予想したとおり、見るからに偏屈そうな老人だった。

志穂は身分証明書を示し、

「夜分遅く申し訳ありません。わたし警視庁の人間で北見といいます。正岡さんの車のことでちょっとおうかがいしたいことがあったものですから――」

「そのことならついさっき話をしたばかりじゃないか」

老人は不機嫌さを隠そうともせず、大声でいった。

「わからんな。何度、おなじことを聞いたら気が済むのかね?」

「ご迷惑をおかけします。もう一度お聞かせねがえませんか」

「まったく警察というところはしつこいところだな。こんな時間にやってきて礼儀というものを知らん。わしはもう寝るところだったんだけどね――」

時間が遅いことを考えれば、多少、不機嫌になるのはやむをえないが、それにしても、その一方的にまくしたてる大声はいささか度を越しているようだ。

「何度、聞かれても答えは変わらんよ。あの夜、たしかに正岡さんは駐車場から車を出した。わしはちゃんとそう証言してやったじゃないか。あんたたちはそれで満足したはずじゃないのか」

「……」

志穂は眉をひそめた。

あの夜、正岡は駐車場から車を出した、とちゃんとそう証言し、それで満足したはずじゃないか……老人のその言い方が引っかかった。

もしかしたら聞き込みをした刑事はある種の予見を持って老人に質問をしたのではないか。

たとえば、

――今週の月曜の夜、正岡さんが外出をしたはずなんですが、なにか気がついたことはありませんか？

そんなふうに質問したのではないか。

質問された人間によっては、あらかじめ質問者の意図をくんで、刑事が満足するように答えてしまうことがある。

べつだん当人には嘘をつくつもりはないのだが、刑事のいわば誘導尋問に無意識のうちに乗っかってしまうのだ。

警察学校では、取り調べに当たっては先入観や、たんなる憶測、推測を排除しなければならないと教えられる。

が、刑事も人間である以上、どうしても先入観を持つことからはまぬがれられず、被疑者の容疑をかためるのに都合のいい証言を得ようとしてしまうのだ。

「あの夜、とおっしゃいましたが、それは正確にはいつのことだったのでしょう?」

志穂は慎重に質問を進めた。

「あの夜はあの夜だ。それがいつだったかはあんたたちが一番よく知っているんじゃないかね」

「はい、でもこういうことはご当人の口からお聞きしなければならない決まりになっているんです。あの夜というのはいつの夜のことなんでしょう?」

「なんだ。人を罪人あつかいするのか。失敬にもほどがある。わしは警察に協力してやってるんじゃないか」

「お気を悪くなさらないでください。これも職務なものですから。あの夜というのはいつの夜のことなんでしょう」

「………」

「月曜日ですか。火曜日ですか。それとも水曜日でしょうか」

「いつだって同じだ。月曜だろうが火曜だろうが同じことだ。どうせ、いまの若い連中は夜昼なしに車を動かして人の迷惑というものを考えんのだから――」

ふいに老人は大声でわめき始めた。口から唾を飛ばしながら、ひとり興奮してわめきつづけた。

「そうじゃないか。賃借料を払えば何をやってもいいとそう思っているんだ。礼儀というものをわきまえていない。人が寝てようが何だろうがおかまいなしに車を動かすんだ。いつだって同じことじゃないか！」

「………………」

志穂はそんな老人を観察している。

そのとき一台の車が駐車場に入ってきてクラクションを鳴らした。

しかし老人はそのことに気がついてもいないらしい。わめきつづけていた。興奮しているせいもあるだろうが、それよりも端的にクラクションの音が聞こえていないと考えるべきではないか。

老人は月曜の夜に正岡が駐車場から車を出したことなど覚えてはいない。おそらく質問した刑事が無意識のうちに自分が期待していた答えを誘導してしまったのだろう。

いや、それよりも何よりも、駐車場から車が出る音に、この老人が目を覚ますなどということはまずありえない。

この老人は耳が遠いのだ。

いつも大声でまくしたてているのも、つまりはそのせいなのだった。

2

夜間の訪問をわび、ビルをあとにした。

勢いこんでコンビニに向かった。

これで正岡則男を被疑者とする有力な証言のひとつが崩れたわけだ。

あの老人は耳が遠い。

耳の遠い老人の、

――駐車場から車が出る音で目を覚ました。

などという証言をもとにし、正岡を送検しようものなら、井原たちはとんだ恥をかくことになる。

いや、恥をかくだけならまだしも、冤罪(えんざい)を引き起こしたということでマスコミの非難をあびかねない。

ましてや、老人が月曜日の夜に正岡が車を出したのをほんとうに覚えているのかどうか、そのことが曖昧なのだからなおさらのことだろう。

捜査員が先入観を持って質問をし、老人がその誘導に応じて、相手の期待どおりに答えたのは明らかだからだ。

こんなことではとても法廷を維持することなど覚つかない。

しかし——

これだけで井原たちに正岡の留置を思いとどまらせるのは難しい。

もうひとつ、正岡自身が供述している、月曜日の深夜零時過ぎに近所のコンビニで肉ジャガ弁当を買った、というアリバイのことがある。

正岡が嘘をついていないとしたら、どうしてコンビニの記録にそのことが残されていないのか、その理由を突きとめなければならない。

月曜日の深夜（正確には火曜日の未明ということになるが）、南池袋パーキング・エリアで事故が起こったのは午前二時のことだ。

南池袋パーキング・エリアでは、犯人は女の右足一本を残しているだけだったと推測される。

それ以前に、高速6号向島線に左腕、中央環状線に頭部、川口線に胴体、5号池袋線に左足を、すでに捨てていた。

――それにしても京子さんの右腕はどうしちゃったんだろう？

南池袋パーキング・エリアで事故の起きた午前二時、という時刻から逆算すれば、犯人はすでに零時半過ぎには首都高に乗っていたものと思われる。

つまり零時過ぎにコンビニで肉ジャガ弁当を買っていたことが立証されれば、それだけで正岡のアリバイは完全に成立したことになるのだった。

志穂はそのコンビニに急いだ。

タクシーで行くほどの距離ではない。徒歩で向かった。

犯人を逮捕するのが仕事であるはずの自分が、容疑者の潔白を証明するために懸命に動きまわっている……

そのことを矛盾とは思わない。

正岡則男はゼミの同級生なのだ。それも互いにほのかに好意を持ちあっていた同級生ではないか。

その同級生から、任意出頭という姑息な手段を弄して所轄に引致した、などと誤解されるのは、とうてい我慢できないことだ。

そのコンビニに着いたときにはすでに零時近くになっていた。

思いのほか遅くなったが、そのほうがかえって都合がいい。

正岡が肉ジャガ弁当を買ったと証言している時刻に近いからだ。

レジの店員は学生アルバイトで、毎週、月曜日から土曜日までこの時間帯に働いているという。

正岡のことを記憶にないか聞いたが、

「そんなの無理ですよ。ぼくら、客の顔なんか見てないもん。弁当を買うお客さんは多いしね。一時間まえのお客さんの顔だって覚えていない。美人ならべつだけどね」

意味ありげに志穂の顔を見る。

言外にあんたのような美人ならべつだけどとそういいたいのだろう。

聞き込みのつもりがナンパされたのではたまらない。

かまわず質問をつづけた。

「コンビニで買ったものはみんな記録に残されるというのは本当なの？」

「本当だよ。コンビニの商品管理は徹底してるからね。凄いよ。何時にどんなものが売れるか、みんな本社に集計されて、統計をとられているんだ。さっき来た刑事さんにもいったんだけど、本社のほうに問いあわせてみれば、その時間に肉ジャガ弁当が売れたかどうかわかるはずなんだけどね」

「………」

志穂は唇を噛んだ。

もちろん捜査本部ではすぐにそのことをコンビニの本社に問いあわせている。

その結果、本社のコンピュータに入っている販売データには、正岡がいった時刻に、このコンビニで肉ジャガ弁当が売られたという記録は残されていないのがわかった。

これはどういうことなのか？

正岡は嘘をついたのか。嘘をついたとして、どうしてそんなすぐにばれるような稚拙な嘘をついたのか。正岡は頭のいい若者だ。アリバイを捏造するつもりなら、もうすこし気のきいたことを考えだしそうなものではないか。それともコンビニから肉ジャガ弁当を買ったのはべつの日で、たんにその日にちを混同しているにすぎないのか。

ふと妙なことを思いだした。

正岡は一〇〇円割り引きの肉ジャガ弁当を買ったと供述しているらしい。

どうして肉ジャガ弁当は一〇〇円割り引かれていたのだろう？

そのことを店員に聞いてみた。

「うちでは弁当の割り引きなんかしないよ。スーパーじゃないんだからさ。そんなことはしない。それは何かの間違いなんじゃないかなあ」

「売れ残った弁当なんかどうするの？　安くして売ったりはしないの？」

「そんなことはしない。食中毒なんか起こしたら大変だからね。おにぎりでも弁当でもサンドウイッチでも六時間ごとに新しいのが配達されるんだ。朝メシと夜食じゃ弁当の種類なんかも違うしさ」

「古いのはどうするの？」

「捨てるんだよ。勿体ないけどさ。食中毒を起こすよりはましということなんじゃないかな——」

店員はカウンターに両ひじをついて、体を乗り出すと、

「ねえ、おれ、もうすぐ仕事終わるんだけどさ。カラオケでも行かないか。警察の仕事って何時までやってるわけ？」

「………」

志穂は返事をしなかった。店員の顔を見てもいなかった。

志穂はコンビニの外を見ていた。

コンビニのまえに一台のトラックがとまって、助手席から作業衣を着た若者が降りてきたのだ。どうやら、これが店員のいった弁当の配達らしい。トラックの後部から弁当などをつめたケースを降ろし、それをコンビニのなかに運び込んできた。

若者はショーケースのなかの弁当を詰めかえている。

それを見ているうちに、ふと思いついたことがあった。

外に出て、若者に声をかけた。

「お仕事中、悪いんだけど、ちょっとお聞きしてもいいかしら」

若者は腰をかがめたまま振り返った。

声をかけてきた相手が思いがけなく美人であったことに驚いたのだろう。

「………」

その目をパチパチと瞬かせていた。

志穂は所轄に向かった。

自分が任意同行を求めたばかりに、取り調べをぎりぎりまで延長され、そこで逮捕状が執行された。

それだけでも耐えられないのに、このうえ留置場に拘禁されることにでもなったら、正岡にどう詫びたらいいかわからない。

タクシーの運転手を急がせた。

それでも所轄に戻ったときには午前一時をまわっていた。

すでに正岡の取り調べは終わり、留置場に連行されたという。留置場に急いだ。

出入りブザーを押すと、入口の小窓がひらいて、看守が顔を覗かせた。

「早く入れて――」

志穂はあせっていた。

一瞬、看守はためらったようだが、それでもドアの鍵を外した。

きわどいところで間にあったようだ。

正岡はまだ居房に入れられていなかった。

が、井原たちの立会いのもとに、すでに所持品検査が始まっていた。

所持品検査は、被疑者を全裸にし、逮捕されたときの所持品をすべて検査するのが決まりになっている。

さいわい正岡は上半身を脱いで、ズボンのベルトに手をかけたところだった。

これが全裸になっていたら目のやりばにこまったところだ。

捜査員たちは志穂がいきなり飛び込んできたのには驚いたようだ。

井原が露骨に顔をしかめると、

「こんなところに来てどうしたんだ？　女がいたんじゃ検査がやりにくい。出てってくれないか」

しかし正岡のほうは、

「北見さん……」

　ホッとしたようにそうつぶやいた。

　その表情を見るかぎり、志穂がかつての友情を利用し、任意同行を求め、自分を罠にかけた、などとは考えていないようだ。

　志穂はそのことに救われた思いがした。

「正岡さんを釈放してください――」

　井原の目を正面からとらえて、きっぱりとそう要求した。

「正岡さんにはアリバイがあります。月曜日の深夜零時過ぎに近所のコンビニで肉ジャガ弁当を買っているんです。時間的に首都高で遺体を捨てるのは無理なはずです」

「なにをいまさら寝ぼけたことをいってるんだ――」

　井原は舌打ちをし、

「そんなことは所轄の刑事がとっくに確認している。コンビニの店員は正岡のことを覚えていない。いや、店員が覚えていないのは不思議はないが、本社のコンピュータでは各コンビニの商品管理がされているんだぜ。コンピュータの記録にも、月曜のその時間、あそこで肉ジャガ弁当が売れたという記録は残されていない」

「正岡さんの買った肉ジャガ弁当は一〇〇円割り引かれていたんです、正岡さんはそう供述したんでしょう」

「それがどうかしたのか？」

「零時過ぎは新しい弁当が配達される時間なんです。そのときに棚に売れ残っている弁当は回収されて捨てられます。正岡さんは店員から買ったと思ったかもしれませんが、じつは配達員に声をかけているんです。棚の整理をしていた配達員に、肉ジャガ弁当は残っていますか、と聞いたんだそうです。配達員はどうせ捨てるものだからと考えて、売れ残った肉ジャガ弁当を売ったんです。それでも気がとがめたものだから、一〇〇円だけ割り引いたんです。本社のコンピュータに記録が残るわけがありません」

「…………」

「つまり配達員は不当に小遣い稼ぎをしたんです。どうせ四〇〇円ぐらいのことだからって罪の意識も感じなかったみたいです。タバコを買いたかったけど、たまたま小銭を切らしていたから、ついやっちゃったんだ、って笑っていました——」

「…………」

井原も、一課の刑事も、呆然として志穂の顔を見つめていた。

「正岡さんを釈放してください。逮捕状を執行したのは仕方ないかもしれないけど、アリバイがあるのに身柄を拘束するのは、明らかに行き過ぎだと思います」

井原は苦い顔をして咳払いをし、

「駐車場の車の件はどうなんだ？　オーナーの爺さんが正岡が駐車場から車を出したと証言している。あれはどうなんだ？」

そう聞いてきたが、すでに敗北を予感しているように、その声は消えいりそうに弱々しかった。

3

三月十七日、土曜日――

午後四時。

所轄の取り調べ室にふたたび正岡則男の姿があった。

といっても留置場に拘禁されているわけではない。昨夜は帰宅を許され、再度の出頭を求められたのだ。

駐車場のオーナーの証言は当てにならないと判断され、正岡が月曜日の深夜零時過ぎにコンビニで肉ジャガ弁当を買っていることも確認された。

零時過ぎに九段下のコンビニにいた人間が、それから車を出し、首都高に乗って、遺体を捨ててまわり、二時に南池袋パーキング・エリアに達するのは、とうてい不可能なことだ。

つまり、正岡のアリバイは事実上、証明されたことになる。

捜査本部としても正岡の拘禁は見送らざるをえなかった。

形式的には逮捕状は執行されているが、現実には任意捜査に戻ったということだ。

しかし午前二時半に、隣りのＯＬが、正岡の部屋で電話が鳴るのを聞いたのは事実なのだ。

そして、その電話に正岡は出ていない。

正岡は眠り込んでいて、電話が鳴るのに気がつかなかったのだろう、と証言しているのだが、捜査本部としてはそれをそのまま鵜呑みにするわけにはいかなかった。

どんなに疲れていても、人は電話が鳴れば、目を覚ますのではないか。電話が鳴るのに気づかなかったなどということは考えられない。

なんといっても正岡は小室京子の恋人であり、しかも、このところいさかいが絶えなかったという。

この日の朝、捜査会議の席上で、一課係長から嘘発見器（ポリグラフ）の使用が提案され、検討の結果、担当検事、捜査本部長がこれを了承した。

　ポリグラフ検査（ポリ検）の実行には慎重を要する。

　ポリ検の正確度はかならずしも高いとはいえず、せいぜい四十から五十パーセントの信頼度しか見込めない、と断言する専門家もいるほどだ。

　法廷においても、被験者の答弁自体を証拠と見なすのではなく、ポリ検の検査結果回答書は、鑑定書に準じた書面として理解されることになる。

　被疑者の精神鑑定結果が証拠と見なされないのと同じことだ。

　つまるところ、ポリグラフ検査をおこなうのは、被疑者がシロであるかクロであるか、捜査員たちの心証のめやすにするぐらいがせいぜいなのだ。

　それでも捜査本部が正岡をポリ検にかけるのにこだわったのは、逮捕状まで請求した手前、正岡をあっさりあきらめきれなかったからだろう。

　もちろん被疑者にはポリ検にかけられるのを拒否する権利が認められているのだが、正岡はこれを素直に了承した。

　ポリ検の検査官には警視庁・科学捜査研究所の心理研究室員が選ばれた。

　捜査本部の関係者以外にも、いわばオブザーバーとして、特被部部長の遠藤慎一郎（えんどうしんいちろう）が呼ばれることになった。

遠藤はT大で「犯罪心理学」を専攻している犯罪者心理の専門家で、科捜研の外郭団体として「特別被害者部」を設立したことからもわかるように、これまで現実の事件を解決するのにも功績をあげている。

捜査本部の要請というより、科捜研・心理研究室の強い要請で、遠藤がポリ検に立ち会うことになったのだった。

ポリ検をおこなう取り調べ室には被疑者と検査官のふたりしかいない。

しかし、取り調べ室の鏡は実際にはマジックミラーになっていて、そこで交わされる会話はすべて、スピーカーで隣りの部屋に筒抜けになっている。

隣りの部屋には、
所轄の刑事課長。

おなじく課長補。

本庁一課六係の係長。

井原警部補。

ほか専従捜査員三名。

それに特被部からは、遠藤慎一郎、北見志穂のふたりが派遣されていた。

すでに予備検査が始まっていた。

検査官はテーブルに碁石を取りだした。

その碁石を正岡に任意に選ばせ、

「わたしがこれから質問をしますから、あなたはすべての質問に、いいえ、と答えてください。つまり、あなたは一度だけ嘘をつくことになるわけです」

検査官がそういう。

そして正岡が何個の碁石を選んだか、ポリグラフの結果を見ながら、慎重にいい当てていく。

「あなたは一個の碁石をつかみましたね」

「いいえ」

「あなたは二個の碁石をつかみましたね」

「いいえ」

「あなたは三個の碁石をつかみましたね」

「いいえ」

この調子で碁石の数を増やしていき、最終的にポリ検の結果を見ながら、被験者が何個の碁石をつかんだか、それをいい当てることになる。

どんな人間でも、嘘をつくときには、手に汗をかいたり、脈拍数が多くなったり、生理的な変化はまぬがれない。

慣れた検査官であれば、ポリグラフの反応から、碁石の数をいい当てるぐらいは、そんなにむずかしいことではないのだ。

しかし、

「わかりました。あなたは五個の碁石をつかみました。そうでしょう?」

碁石の数をいい当てられて、正岡の表情が目に見えて緊張した。

これはほとんどの被験者に共通することであるのだが、最初にポリグラフに接するときには、どうしても、器械に人間の心理を読むことなどできるものか、と検査を軽んじる気持ちが働いてしまう。

それが碁石の数をいい当てられることで、被験者はいやでもポリグラフの精度を信頼せざるをえなくなり、一気に緊張感をつのらせることになる。

予備検査とは呼んでいるが、これはポリグラフの精度をチェックするためではなく、被験者にポリグラフに対する畏怖の念を与えるためのものなのだ。

被験者が緊張すれば、それだけ嘘をつくときの生理的な反応がはっきり拡大されることになる。

つまり、予備検査とはいいながら、じつはこのときすでにポリ検は開始されているのである。

正岡は右腕に心脈波を計る血圧腕帯を、胸には呼吸をはかるためのチューブをつけられ、さらに手先に発汗状態を調べる皮膚電気反応（GRS）の電極をつけられている。

予備検査が終わって、いよいよ本格的なポリ検が始められる。

マジックミラーを透かして見る正岡の顔がさらに緊張して青ざめた。

もちろん「首都高バラバラ死体殺人事件」の概要はすでに報じられていて、被害者の名も今朝の新聞で発表されているが、現場のくわしい状況などは意図的にマスコミに伏せられている。

そのことを知っているのは警察関係者と犯人だけなのである。

こうした場合、ポリ検では「緊張最高点質問法（POT）」という方法が使われる。

検査官が質問を開始した。

被験者はすべての質問に「いいえ」で答えなければならない。

「被害者の左腕を高速6号向島線に捨てましたか？」

「いいえ」

「被害者の頭部を高速中央環状線に捨てましたか?」

「いいえ」

「被害者の右腕を高速5号池袋線に捨てましたか?」

「いいえ」

巧妙に隠蔽されているが、じつは、この右腕に関する質問が、これら一連の質問の急所なのだった。

被害者の右腕はいまだに発見されていない。おそらく、なんらかの理由で、犯人は右腕だけは捨てなかったものと推測される。しかし、その事実はマスコミに伏せられ、そのことを知っているのは捜査関係者と犯人だけのはずなのだ。

体のほかの部位に関する質問と、この右腕に関する質問とで、異なった反応を見せれば、それで正岡の容疑は強まることになるのだった。

ポリ検を受けている正岡が緊張しているのはもちろんだが、それを隣りの部屋からマジックミラー越しに見ている志穂も、しだいに緊張がつのっていくのを覚えていた。

ポリ検が終わって、正岡はとりあえずほかの取り調べ室に案内された。

検査結果を見ながら、

「どうも正岡はシロのようですね」

検査官はそう告げた。

「シロですか……」

井原は落胆の色を隠せない。

「ええ、検査結果からは正岡がクロだというデータは出ていません。遠藤先生、どう思われますか？」

「そうですね――」

遠藤は慎重にデータを見ながら、

「おっしゃるとおり、正岡は嘘はつ
いていないようです。このデータを見るかぎり正岡は犯行には関与していないとそう考えるのが妥当なようですね」

刑事課長が苦虫を嚙みつぶしたような表情で、わかりました、とうなずいて、捜査員に顔を向けた。

「正岡さんにはお帰りねがおう。何事も事件を解決したいという一念でしたことなのだから、どうかお気を悪くしないでいただきたい。そう丁重におわびして、お引き取りねがうんだ。これからも捜査に協力していただくことがあるかもしれません、そうつけ加えるのを忘れるんじゃないぞ――」

「はい」

所轄の捜査員がしぶい顔をしながら取り調べ室を出ていった。

志穂も取り調べ室を出た。

正岡則男が所轄から出てきた。

志穂はそれを、正岡さん、と出口で呼びとめた。

正岡は振り返り、ああ、とうなずいて微笑した。

憔悴しきった表情になっている。

それも無理はない。

恋人が無残な殺され方をして、そのうえ自分が犯人と疑われたのだ。

どんなに剛毅な神経の持ち主でもボロボロに消耗してしまうだろう。

週末のうちにその嫌疑が晴れて、そのことが勤務先の銀行に知られずに済んだのがせめてもの幸いだった。

「正岡さんにはずいぶん迷惑をかけたわ。ごめんなさい——」

「そんなことはない。ここ二、三カ月は、京子と顔をあわせれば喧嘩ばかりだった。ぼくは京子にホステスを辞めてもらいたかったのだが、京子はどうしてもホステスをやめようとはしなかった。警察がぼくのことを疑うのは当然のことだよ」

「きみのおかげで容疑が晴れた。北見さんには感謝してるよ」

「……」

「ううん、そんなことない。正岡さんは何もしてないのだから、わたしなんかが何もしなくても、いずれ容疑は晴れたはずよ」

　正岡はふいに思いつめた表情になると、

「あいつには、京子には、ぼくの知らない男がいたんだろうか。銀座の客かなんかで、ぼくには内緒でつきあっていた男でもいたんだろうか。京子はそいつに殺されたのか。ぼくはそんなことも知らずに、自分ひとり、京子と真剣につきあっているつもりだったのだろうか?」

「……」

　志穂には何もいうことができない。ただ黙って首を振るばかりだった。

「すまない、きみにこんなことをいっても始まらないのはわかっているんだが――」

　正岡は顔を伏せて、自嘲するように、

「ぼくはとんだピエロじゃないか。そうだろう?」

「そんなことないよ、正岡さん」

「……」

正岡はうなずいて、わずかに手をあげて挨拶をし、立ち去っていった。

そのガクリと肩を落とした後ろ姿が消えいりそうに小さく見えた。

志穂はその後ろ姿をいつまでも見送っていた。

「あとを追わなくてもいいのか」

背後から声がかかった。

同僚の袴田だ。

もう三月もなかばを過ぎたというのに、いかにも寒そうに、トレンチコートを着込んでいる。

いつ、どんなときにも貧乏神のように貧相な刑事なのだった。いや、貧乏神も三舎を避ける（という古い言い方を思い出した）貧乏ったらしさといえばいいか。

「あんた、あの坊やが好きなんだろ。あとを追わなくてもいいのか？」

「そんなんじゃないわ」

志穂はそっぽを向いた。

「まあ、おれには関係のないことだがね」

袴田はタバコをくわえながら、

「あんたのおかげで被疑者をひとりふいにさせられたんだ。井原が怒ってるんじゃないかな」

「関係ないし。そんなの怒らせておけばいいじゃない」

「そうもいかないらしい。どうも特被部は『首都高バラバラ死体殺人事件』の捜査本部に協力することになりそうだ。囮捜査だ。井原を怒らせたままだと何かと都合が悪いんじゃないか」

「囮捜査？」

志穂は袴田の顔を見た。

ああ、と袴田はうなずいて、

「南池袋パーキング・エリアの事故に巻き込まれて死んだ人間の身元がようやく全員わかったんだけどな。そのなかに西尾圭子という銀座のホステスが混じっていたんだ。この西尾圭子が、なんと以前に、銀座七丁目の『まりも』に勤めていたんだと」

「銀座七丁目『まりも』……」

「ああ、殺された小室京子が勤めていたバーだよ。どういう関係があるんだかわからないけどな。これがまったくの偶然とも思えないだろう？　どうやら井原たちは『まりも』を内偵する必要があると考えているようだぜ。うまいぐあいに『まりも』ではホステスの募集をやってるんだよな、これが」

「………」

志穂はあんぐりと口を開けた。

袴田が何をいわんとしているのか、ようやく見当がついたのだ。

人のことだと思って、じつに何とも突拍子もないことを考えるものではないか。

とんでもないことだ。

「待って、ちょっと待ってよ」

あわててさえぎったが、袴田はそれにはかまわず、

「なあ、おい、おれはこの歳になるまで銀座で飲んだことなんかないんだよ。ワクワクしてくるぜ。同僚のよしみでさ。安く飲ませてくれねえか」

ヒヒヒと嬉しそうに笑った。

銀座七丁目「まりも」

1

三月十九日月曜日、午後——

志穂は「まりも」に面接に訪れた。

北見志穂

昭和〇〇年一月　小樽市生まれ

昭和〇〇年　私立札幌ドミニク学園卒

昭和○○年　S短大国文学科卒
現住所　東京都目黒区柿の木坂○番地
特技　英検準一級

これが志穂の履歴書だ。

最終学歴を短大といつわっているのは、小室京子とおなじ大学を卒業しているのが知れると、なにかと勘ぐられる恐れがあるからだった。

「まりも」は雑居ビルの三階にある、十五坪ほどのこぢんまりとしたバーだ。

あらかじめ捜査本部のほうで銀座七丁目を管轄に持つ所轄署に「まりも」のことを問いあわせている。

バブルが終わって、銀座のバーはどこも経営が楽ではない。「まりも」もその例外ではないらしいが、若い女の子をホステスにそろえて、なんとか切り抜けているようだ。

小室京子は派手な美人だったし、一年ほどまえまで「まりも」に勤めていて、南池袋パーキング・エリアの事故に巻き込まれた西尾圭子という女の子も美人だったという。

たしかに「まりも」ではホステスを募集しているが、確実に採用されるためには、だれか店のほうで信用できる人間の紹介状が必要だった。

「まりも」の常連に、某レジャー・カード発行会社の常務がいる。

レジャー・カードというのは、つまりパチンコのプリペイド・カードのことで、この業界は警察行政の天下りの受け入れ先となっていて、その常務もじつは警察庁からの天下りなのだった。

捜査一課では警察庁の上層部を通してその常務の協力をあおいだ。常務は内心迷惑に思ったろうが、警察からの依頼を断わるわけにはいかない。

こうして志穂はその人物の紹介状を携えることができたのだった。

「まりも」のママ、江渕容子(えぶちようこ)は紹介状に目を通し、

「あなた、安岡(やすおか)ちゃんとはどんな関係なのかしら？」

そう聞いてきた。

安岡というのがその常務の名だ。もちろん志穂は安岡ちゃんには会ったこともない。

「ええ、ちょっと……」

言葉を濁して答えた。

「ふうん。ちょっとか」

ママはそれ以上、追及しようとはしなかった。あらためて志穂の顔を見ると、

「あなた、きれいね。もてるでしょう？」

「そんなことありません」

志穂は首を振る。

「そんなことないんじゃ困っちゃうんだけどな――」

ママは笑って、

「この商売はね、男にもてないのも困るし、男に溺れるのはもっと困るんだ。こういう仕事するの初めて？」

「はい」

「小樽生まれか。一度しか行ったことないけどさ。いいとこだよね」

ママは眼鏡をはずして、履歴書を封筒に戻した。

もしかしたら老眼鏡かもしれない。着物の着こなしが粋で、小柄なために、若く見えるが、もうとっくに五十を過ぎているだろう。目尻のしわが無残に深い。

タバコを一本抜いて、フィルターの先をトントンとカウンターでたたいてから、それをくわえた。

タバコに火をつけると、

「いいわ。働いてもらう。今夜から来られるかしら？」

「今夜からですか」

志穂はあまりに急な話でおどろいた。

「何かまずいことでもある？」

「いえ、そんなことはありませんけど」

「だったら早いほうがいい。マネージャーに相談して近所で着るもの、なんか買ってきてちょうだい。そのぶんのおカネはお給料からさし引くことになるけどね。心配しなくても、最初のうちは、そんなに高いドレスは必要ないよ」

「はい」

「わからないことはマネージャーに聞くといい。あなたみたいにかわいい子だったら親切に教えてくれるんじゃないかな」

それだけをいうとママはもう志穂に興味をなくしたようにカウンターを向いた。

そして、カウンターの隅に重ねられている名刺を取ると、それを一枚ずつ、細かく引き裂いていった。

何をしてるんだろう？

そう疑問にかられたが、なにかそれを聞くのがはばかられる雰囲気だった。

席を立ち、出口に向かった。

ドアを開けるとき、もう一度、ママを振り返った。

ママは破った名刺を灰皿に入れ、それに火をつけていた。

うす暗いバーのなか、その火に映えて、ママの顔だけがぼんやり浮かんでいた。

ハッ、と胸を突かれるような、ひどく孤独な表情をしていた。


外に出て、携帯から電話を入れた。

「今夜から店に出るのか」

さすがに袴田はおどろいたようだ。

「冗談じゃないよ。わたし、こんなの嫌だからね。なんでこうなるの？」

志穂は囮となって「まりも」に入り込むことに納得していない。なにも男たちの機嫌をとるために囮捜査官になったわけではないのだ。

「井原は『まりも』に何かあるんじゃないかと考えている。そこで働いていた小室京子に、西尾圭子、ふたりの女が今度の事件に関連して死んでいるんだ。何かあるんじゃないかと考えるのは当然だろう」

「西尾圭子という人は亡くなったときにはべつのお店に勤めていたんでしょう？　死んだのだって、パーキング・エリアにトラックが突っ込んできて、その事故に巻き込まれただけじゃない。バラバラ事件には関係ないんじゃないかしら。たんなる偶然ということも考えられるわ」

「西尾圭子は『まりも』を辞めてから、やはり銀座七丁目の『こはく』というバーに勤めていた。決まった男はいなかったらしい。青山のマンションにひとりで暮らしていた。あの事故のあった夜には、『こはく』を十二時ごろ出ている。時間からいっても、タクシーに乗ったのだろうと思われるが、捜査本部ではそのあとの足どりはつかんでいない。西尾圭子の乗ったタクシーを探しだせずにいるんだ。妙な話なんだけどな――」

袴田は一気にまくしたてた。

いつも無気力で、何かというと仕事をさぼる口実をさがしているようなこの人物にはめずらしい高揚ぶりだ。

そういえば袴田は十年ぐらいまえに奥さんに逃げられて、それ以来、ずっとやもめ暮らしだと聞いたことがある。

わびしさが骨の髄までしみ込んでいる。

そのせいもあって、銀座のバーが捜査線上に浮上してきて、なんとなく事件の様相がなまめかしくなってきたことに、ひとりで浮かれているのかもしれない。

志穂はそのことを考えると、多少、馬鹿らしくもなってくる。

「まあ、それもやむをえないだろう。なにしろ西尾圭子の名前がわかってから、まだ何日もたっていないんだからな。『こはく』の客の名刺が現場に残されていて、それでようやく西尾圭子を突きとめることができた。事故に巻き込まれた遺体はこんがりと焼けていて、西尾圭子にかぎらず、被害者の身元を突きとめるのにずいぶん苦労したらしい」

「そんなことはみんな井原さんから聞いて知っています。だけど、これまでの聞き込みでも、『まりも』の客に容疑者らしい人物は浮かんでこなかったんでしょう？ どうしてそれがいまになって急に『まりも』のことを気にしだしたのかしら？ わたしが『まりも』に入り込んだところで、たいしたことはつかめないと思うんだけどな」

「だからさ、事情が変わったんだよ」

「事情が？ どういうこと？」

「なんだ。井原から何も聞かされていないのか」

「…………」

「まあ、今回のことでは時間が足りなかったからな。本部長の筋読みでは、正岡則男のほうが本命だった。西尾圭子のことがわかっても、『まりも』のほうは対抗にすぎなかったんだ。そんなことで井原もあんたに十分に説明する暇がなかったんだろう。

いまだに東京地検では囮捜査に対する批判の声が強いからな。あんたを囮として『まりも』に潜入させるのに、地検の根回しをするのに時間がかかったんだろう。要するに事情が変わったのさ」

「だから、どう事情が変わったんですか」

「ああ、西尾圭子という女な。所轄の聞き込みでわかったんだが、どうも小室京子と同じことをいっていたらしい──」

「小室さんと同じこと？」

「事故の二、三週間まえのことだが、凄いものを見ちゃった、と同僚の女の子に洩らしたというんだよ」

「…………」

「小室京子も同じようなことを正岡則男にいっていたというじゃないか。あんたもそのことは正岡から聞いているんだろう。それがわかって、がぜん一課の連中、銀座に興味を持ちはじめたというわけさ」

「なにを見たのかしら？」

「それがわからねえ。だからさ、井原たちとしてはそれをあんたに探ってもらいたいとそう考えているんだろうよ。それが何であるか具体的につかむまでは、あんたも

『まりも』をやめられないんじゃないかな」

「凄いものの、か」

「ああ、凄いものだ」

「わかったわ。何とかやってみる。だけど井原さんにはこれだけはいっといて。わたしが本気で怒ってたって――」

「ああ、いっとく、いっとく」

　袴田は明らかに面白がっていた。

「やってられないよ。禿げた中年おやじのご機嫌なんかとりたくない。なんで、わたしがそんなことしなければならないわけ？」

「中年おやじに偏見があるんじゃないか。親身につきあってみると、そんなに悪いもんでもないかもしれないぜ」

「中年おやじだったら、ひとり、もう仕事でつきあってます。ホント、ひとりで沢山なんだよね」

「まあ、がんばるんだな――」

　袴田は、ケッ、ケッと喉で笑って、

「なんだったら囮捜査官なんかやめてそちらに転職したらどうなんだ？　おれは思う

んだけどな。もしかしたら、あんたはそっちのほうが性に合ってるかもしれないぜ」

「セクハラだ」

志穂は携帯を切った。

そして三越のほうに向かって歩いた。

店のマネージャーとは四時に会うことになっている。それまで銀座で時間をつぶさなければならない。

——なにをして時間をつぶそうか？

ぼんやりとそう考えながら、頭の隅では、凄い、凄いものを見た、という言葉がこびりついて離れようとしないのを意識していた。

——凄いものを見た。

ふたりのホステスはどんな凄いものを見たというのだろう？

2

男と、

そして女。

たちこめるタバコの煙り。

ビールの泡だつ音。

グラスに氷の触れる響き。

女たちのわざとらしい嬌声。

男たちのたわいもない自慢話。

男は女をくどく。

女は男をあしらう。

ほのめかして、
はぐらかし、
囁いて、
笑う。

「こちら、新人のルミちゃん……」

「よろしくお願いします」

「おっ、ニューフェイスか」

「きみ、かわいいね、幾つ？」

「もう鈴木ちゃんたら手が早いんだから」

「そうよ、ルミちゃんは純情なんだから変なことしちゃダメなのよ」

「おれだって純情なんだよ」

「うっそお、どこが？」

「男はみんな純情なんだよ」

そしてまた笑い声——

このくりかえしに志穂は頭の芯が痛んでくるのを覚える。

ルミちゃん、という名前もいやなら、よろしくお願いします、と頭をさげるのにもうんざりだ。

志穂には不器用なところがあって、男と女が適当にたわむれあう、というのがどうにも苦手なのだ。

芯から性にあわない。

とりあえず一週間は囮捜査をつづけるということになっているが、とてもそんなには持ちそうにない。

なんとかここ二、三日でらちをあけないと、それこそ特被部に辞表をたたきつけて、囮捜査官を辞めることにもなりかねない。

それでも志穂は耳をすまし客たちとホステスたちの話を聞くことに努めた。

つい一週間まえまで「まりも」で働いていた小室京子が、こともあろうに首都高でバラバラ死体で発見されたのだ。

小室京子の名は土曜日の朝刊で発表されているから、いずれその話題になるのではないか、とそう思ったのだが、誰もそのことには触れようとしなかった。

考えてみれば、小室京子が本名で働いていたわけがないし、職業も接客業となっていただけで、「まりも」の名までは新聞に載っていなかった。

新聞には小室京子の写真は載っていなかったし、遺体が発見された直後こそ、ワイドショーなどでも騒がれたが、それから一週間たって事件への関心は失われている。

客たちはバラバラ殺人事件と「まりも」との関係に気がついていないのだろうし、女たちはそのことに触れるのをママから禁じられているのにちがいない。

男たちのつまらない話に、適当にあいづちを打ち、笑いながら、

――「まりも」に潜入したのは無駄だったのではないかしら？

志穂は早くもそう思い始めていた。

客のひとりがトイレに立った。

こんなとき新人ホステスはおしぼりを持ってトイレの外で待っていなければならない。

――何、これ？　冗談じゃないわよ。
志穂はふてくされる。
水を流す音がして、客が出てきた。
でっぷりと肥った初老の男だ。
どこかのゼネコンの重役だと聞かされた。
名刺をもらったが会社の名は覚えていない。
「どうぞ――」
おしぼりを渡す。
「ああ」
男は横柄にうなずいて受け取る。
すばやく手を握り、人さし指のつけ根を愛撫しようとする。
すけべなおやじだ。
そんなつもりはなかった。
が、気がついたときには、相手の指をねじっていた。
こんなときには警察学校での訓練が反射的に出てしまうのだ。
――いけない。

慌てたが、もう遅い。

男は大げさに悲鳴をあげる。

ママが飛んできた。

「あなた、ルミちゃん、お客様になんてことするの。あやまりなさい――」

ママの血相は変わっていた。

「…………」

志穂は唇を嚙んだ。

黙って頭を下げる。

さすがに男は本気で怒るような大人げない真似はしなかった。苦笑し、

「いいから、いいから――」

逆にママをなだめる。

「よくありませんよ。まあ、ほんとうに申し訳ありません。お客様に乱暴を働くなんてとんでもない。こんなことして変な評判がたったら、困るのはわたしなんだから」

「変な評判なんかたたないさ。おもしろい子じゃないか」

男は鷹揚に笑って、自分の手をさすりながら、痛て、と芝居じみた声をあげ、ホステスたちを笑わせる。

　ママは志穂をにらんで、自分もすぐにボックスに戻っていく。

――駄目だ、こりゃ。わたしにはとてもホステスなんか務まらない。

　志穂は落胆した。

「気にしなくていいのよ――」

　背後から声が聞こえた。

「あの人、新人にはいつもあんないたずらをするの。いい薬だわ」

　如月敏江（きさらぎとしえ）だ。

　チーママと呼ばれているベテランのホステスだった。

　まだ三十にはなっていないだろう。

　もともとデザイナー志望だったとかで、しっとりと落ちついたその美貌は、水商売をしているようには見えない。まだ十分に若々しさを残し、それでいてそこはかとない気品を漂わせている。女の志穂もつい見とれてしまうような魅力がある。

　ママはどちらかというと女の子たちから敬遠されているようだが、チーママのほうは何かと女の子たちの相談相手になっているらしい。

　客たちのほうでもこのチーママには一目置いているようだ。

「あなたは何もまちがったことはしていないわ。あれでいいのよ。いくらお客様だって嫌なことはいやなんだから――」

チーママはにっこり笑って、着物の裾さばきも軽やかに、客たちのところに戻っていった。

ホステスという仕事はどうしても好きになれない。

しかし、そんな志穂も、この香りたつような大人の女の魅力を漂わせたチーママにはあこがれざるをえない。

このチーママになら、

――小室京子さんのことを聞いてもいいんじゃないかしら？

ふとそう思ったが、いくら何でも初日から聞き込みを始めるわけにはいかない。

自重することにした。

そのときのことだ。

どこかのボックスから、

「あの子もそうなのか」

そんな声が聞こえてきたのだ。

それにつづいて女の声が返事をした。女のほうは何をいったのかは聞きとれない。

志穂は振り返った。

しかし、それがどこのボックスの、どの客の声だったかはわからない。どの女が返事をしたのかもわからない。

——あの子もそうなのか。

何ということもない言葉かもしれないが、妙にそれが胸の底に引っかかった。

そこでいわれたあの子というのが自分のことを指しているのを、なかば本能的に感じとっていた。

ママがボックスから呼んだ。

「ルミちゃん、何してるの？　もう誰も怒っていないから早くいらっしゃい」

はい、と返事をして、ボックスのほうに向かった。

そんな志穂を、

「よっ、女豪傑！」

ゼネコンのおやじが大仰な声をあげて迎えた。

女たちがその声に迎合するようにドッと笑う。

「…………」

志穂もやむをえず微笑むしかない。

おやじの名は板東（ばんどう）というらしい。

豪放磊落で、何も気にしないふうをよそおっているが、この板東という男は典型的な男性至上主義者で、その胸には、女に恥をかかされた、という恨みがましい思いが渦巻いているはずだ。

そして傷つけられた自尊心を回復するために、なんとしても志穂をベッドに引きずり込もうと考えている。愛のためでも、欲望のためでさえなく、たんにマッチョな自尊心を満足させるために、志穂を征服しなければならないと思い込んでいる。

「犯罪心理学」を専攻した志穂には男の偏執的な思いが手にとるようにわかった。

そして、そのことがわかるだけに――

ただひたすら憂鬱だった。

それでも二十分ほどしてようやく板東が帰ることになった。

席を立って、そこにいる女たちにしなだれかかり、手を握ったが、とりわけ志穂の手は力をこめて念入りに握ったようだ。

――帰ったらすぐにシャワーをあびなけりゃ……

志穂はそれだけを考えている。

ママが電話でタクシーを呼んだ。

板東はよほどの上得意らしい。

ほかのホステスたちと一緒に、ママも店の外に出て板東を送った。

タクシーはすぐに来た。

個人タクシーだ。

タクシーに乗り込む板東に、

「お気をつけてお帰りください」

ママとホステスたちが一斉に頭を下げる。

タクシーは夜の銀座に消えていった。

ホステスたちが店に戻っていった。

しかし……

志穂はすぐには動けなかった。

その場に立ちすくんでいた。

「どうしたのよ。戻るのよ――」

ママがそう声をかけてきて、はい、と返事をするにはしたが、それも上の空だった。

タクシーの「個人」と表示されたランプを見たとたん、先週金曜日の夜、所轄から九段下まで、やはり個人タクシーに乗ったことを思いだしたのだ。

もちろん東京に個人タクシーは多い。それだけで志穂がこんなふうに呆然と立ちすくんだりするわけがない。

そうではなく、あのとき首都高護国寺入口ゲートの係員のいった「この人もそうなのかい」という言葉がいきなり頭のなかに蘇ったのだった。

そして、その言葉が、バーで聞いた「あの子もそうなのか」という言葉に呼応し、重なりあって、頭のなかにこだました。

――こんな偶然があるわけがない。

要するに、首都高ゲートの係員と、バーの客とは、同じことをいっているのだ。そのことに間違いはない。ただ、ふたりが何を指して、そうなのか、と聞いたのかそれがわからない。

――この人もそうなのかい……あの子もそうなのか……

志穂は頭のなかでふたりの男の言葉をくりかえしていた。

どこか目に見えない暗い虚空に、あるかなきかの細い糸が微妙につながっているのが感じられた。そして、その細い糸が何と何をつないでいるのか、それを突きとめるのが志穂の仕事になるはずだった。

3

三月二十日火曜日、午前十時——

袴田は護国寺を歩いていた。

首都高入口ゲートに向かっている。

春の風が強い。

くわえタバコの煙りが飛んで紙を嚙んでいるような味しかしない。トレンチコートが風をはらんで重かった。

車を運転しない袴田が高速の入口に向かうのは難儀だった。歩道を縫うようにして歩いていかなければならない。

「…………」

ふと袴田は足をとめた。

首都高の入口に向かってエントランスが上昇している。その高架の下がちょっとした駐車場のようになっているのだ。

人目につきにくい場所だ。

いま、こんな昼間でも暗がりに沈んでいるのだから、夜にはほとんど人の視線が届かないのではないか。

袴田は味のしないタバコを捨てて、べつのタバコをくわえ、火をつけた。

そのタバコもやはり味がしない。

――ここだったら死人を隠すこともできるんじゃないか。

考えているのはそのことだ。

視野の隅に人影が動いた。

人影はふたり――

ひとりは捜査一課六係の井原主任、もうひとりもやはり六係の若い刑事だ。

袴田に近づいてきた。

「やあ」

と井原が声をかけてくる。

「ああ」

と袴田もうなずいた。

若い刑事のほうはただ陰険に目を光らせているだけで挨拶をしようとはしない。

六係にかぎらず捜査一課の刑事たちは特別被害者部に好意を持っていない。囮捜査など信用していないし、自分たちの縄張りを侵す者はどんな相手もまず排除しようとする。

井原だけは、以前、協力して捜査を進めたことがあり、特被部の存在意義を認めているようだが、それもいつ覆ることになるかわからない。

刑事たちのあいだに本当の意味での友情は育たない。おなじ捜査本部で動いていても、つまるところは競争相手でしかないのだ。

「北見捜査官はどんな様子ですか？」

井原が聞いてきた。

「なんとかやってるようだ。おやじがますます嫌いになったとさ」

「おやじ、というやつは恥知らずでいやらしいからな――」

井原が自分はおやじでないような口をきいた。

「ところで、袴田さんがここに来たということは、北見捜査官が何かつかんだということなのか？」

「はっきりしたことじゃないんだ。ただ気になることがあるというんで、ちょっと覗きに来ただけなんだけどね」

「そういうことはみんな本部に報告してくれなけりゃ困るんだけどな。特被部に抜け駆けさせるために地検に根回しして囮捜査をやらせたわけじゃない――」

「だから、はっきりしたことじゃないんだよ。もう少しちゃんとしたことをつかんでから本部に報告するつもりだった。からんでくれるなよ。抜け駆けするつもりなんかないさ」

「ここには救急車のことを調べにきたんですか」

井原は急に口調を変えてそう切り込んできた。

「まあ、そうなんだけどね」

袴田はうなずいた。

「そのことならもうあらかたわかっている」

「……」

「あの夜、救急車は護国寺入口をバックで突っ込んだ。高速の入口をバックで出ようとするんだから凄まじい。そして、おそらく救急隊員ふたりの死体をそこの駐車場に隠した。もしかしたら、ただ一本だけ、残っていた小室京子の右足もそこに隠したのかもしれない――」

井原の声に力がこもった。

「どうしてそのまま一般道路を逃走しようとしなかったのかはわからない。そしてまた首都高にあがって、飯田橋方面に向かうところを、高速警察のパトカーに発見され、追跡された。そうとしか考えられない。八重洲東駐車場で、犯人が救急車から逃げる時間はあったろうが、死体をふたり抱えて逃げる時間はないからな。犯人は逃げて、その直後、なんとか車を入手し、護国寺に戻ってきて死体を回収した」

「………」

袴田は黙って井原の話を聞いている。

なにもそこまで考えて首都高・護国寺入口までやってきたわけではない。ただ護国寺入口ゲートの係員に不審なところがあると聞いて、そのことを確かめにきただけだ。

「要するにそんなところですよ」

井原は得意げだった。

「ゲートの係員はなにも見なかったとそう証言したんじゃなかったのか。救急車なんか下りてこなかったとそう証言した――」

「嘘をついていたんですよ。あの野郎は嘘をついていた」

「………」

袴田と井原の関係は微妙だ。

年齢からいえば、袴田は井原よりはるかに先輩だが、袴田はいまだに巡査部長にすぎず、それに比して井原は警部補で、階級の差は歴然としている。

井原が袴田に対して、敬語を使ったり、一転して乱暴な言葉になったりするのは、つまりそのねじれのせいだった。

警察は軍隊とおなじ截然(せつぜん)としたピラミッド型階級社会で、そのことがそこで働く人間たちの意識を微妙にひずませる。

友情は育たず、たがいの信頼関係も損なわれる。

「どうしてゲートの係員にそんな嘘をつく必要があったんだろう?」

「関わりあいになりたくなかったというんだがね。ちょっといただけない。どういうことなのか説明してもらおうと思ってね。任意出頭を求めたところですよ」

「バカな野郎だ。そんな嘘が通用するとでも思っていたのかな」

「警察の鑑識能力を甘く見ていたとしかいいようがない。あれから鑑識は、それこそ舐(な)めるようにして護国寺入口のエントランスを調べた。事件の直後に雨が降ったんでね、いままで検出に手間どったが、ようやく救急車とおなじタイヤの痕跡を発見した。嘘なんか通用しない。今日はこれから鑑識に駐車場を調べてもらうことになっている。死体が隠されたとすれば、かならず血痕が発見されるはずですからね」

「しかし、犯人はレンタカーで車を借りているんじゃなかったのか」

「ああ、白髪の男ということなんだけどな。レンタカーでカローラを借りている」

「白髪の男が――」

「名前は太田道雄……名前も住所もでたらめ、免許証そのものが偽造だったらしい、というんだからどうしようもない。その白髪にしたところでかつらだったかもしれない。なにかきわだった特徴があると、人はどうしてもそれに目を奪われて、ほかのことは記憶に残らない。免許を偽造するような野郎だ。それぐらいのことは計算してたかもしれない」

「たしか借りたカローラは事故に巻き込まれて南池袋パーキング・エリアに残されたままだったんだよな」

袴田は首をひねった。

「八重洲東駐車場から護国寺に戻って、死体を回収したとすれば、車を使ったとしか考えられない。犯人はどうやってもう一台の車を調達したのかな？　自分の車を持っているんだったらレンタカーなんか借りる必要がない。いや、そんなことより――」

「ああ、そうなんだ。そんなことより――」

袴田と井原はたがいに視線をかわした。

ふたりとも同じことを考えていた。

それはたがいにその視線から読みとれることだった。

あの短時間に、犯人がどうやって救急車からふたりの救急隊員を連れ去ったのか？

そんなことは何でもないことだ。いったん護国寺入口で首都高を下り、そこの駐車場に救急隊員たちの体を隠した。ただ、それだけのことで、そんなことは謎でも何でもない。

ここでほんとうに謎といえるのは、どうして、犯人に救急隊員の体を持ち去る必要があったのか、ということではないか。

ここまでくれば、もうふたりの救急隊員が生きている可能性はない。

それならばなおのこと、犯人はどうして護国寺入口に救急車をバックで突っ込んでくるような無理をしてまで、死体を持ち去ることをしなければならなかったのか？

袴田も井原もそれがわからない。

そのとき――

数人の刑事に連れられて、初老の男が首都高から下りてきた。

どうやら、その男がゲートの係員らしい。

初老の男は力なくうなだれていた。

赤い目の女

1

その日——異例なことだが、午後三時から「首都高バラバラ死体殺人事件」の捜査会議がおこなわれた。

首都高で遺体が発見されてからすでに一週間が過ぎた。

初期の段階で、正岡則男を有力な被疑者と限定したことが、逆にこれまでの捜査にかせをかけてしまっていた。

正岡を容疑から外したいま、あらためて事件の全容を見なおし、捜査の原点に戻る必要があるのではないか。

捜査会議において、捜査員たちはあらためて事件を整理する必要に迫られた。

○ 三月十一日日曜日、白髪の男が偽造免許証を提示し、レンタカーでカローラを借りている。

○ 三月十二日月曜日、被害者・小室京子は午後八時に「まりも」を後にしている。そのときに使われたであろうタクシーはまだ発見されていない。

○ 三月十三日火曜日、午前二時、高速5号池袋線上り・南池袋パーキング・エリアで事故発生、現場に急行した救急車は、男ひとり、女の右足一本を収容し、救命救急センターに向かう。

○ ふたりの救急隊員は収容した男に救急車内で殺害されたものと推測される。犯人は救急車をバックさせ、首都高護国寺入口から下り、いったん死体を駐車場に降ろしたのちに、ふたたび首都高にあがる。

○ 高速5号池袋線上り・白鳥橋カーブ付近で高速警察が救急車を発見、不審を覚えて追跡する。二時三十分ごろ、救急車を八重洲東駐車場に残し、犯人は逃走。

○ 三月十三日火曜日、午前六時四十分、高速6号向島線（荒川）で小室京子の左

腕が発見される。つづいて中央環状線（扇大橋）で首、川口線（入谷町）で胴体。5号池袋線（高島平）で左足がそれぞれ発見される。

○前後の事情により、切断された遺体を首都高にばら撒いた犯人は、最後に残された右足を捨てるときになって、南池袋パーキング・エリアの事故に巻き込まれたものと推測される。右足もろとも救急車に収容されてしまい、追いつめられたあげく、救急隊員ふたりを殺し、救急車を奪う凶行におよんだものではないか。

○小室京子の右腕だけが発見されていないことに留意。右足は犯人が持ち去ったものと推測されるが、右腕は首都高からも発見されておらず、また救急車に収容したという連絡も東京消防庁に入っていない。犯人は右腕だけは捨てようとしなかったのか。そうだとしたらそれはなぜか？

○以上の事件経過に、鑑定解剖結果を総合して考えあわせると、犯行時刻は三月十二日月曜日午後八時から午後十一時前後。南池袋パーキング・エリアの事故時刻から逆算すると、犯人は十二時半には首都高に乗っていたものと推測される。

「……カローラを借りた白髪の男、太田道雄と名乗っている男ですが、この男は指紋を残していません。レンタカーを借りるとき、住所、氏名などを書類に書き込んでいるのですが、備えつけのボールペンではなく、自分のボールペンを使っているのです。指紋を残さないための用心と考えられますが、このことからも犯人はかなり周到な人物と思われます――」

所轄の専従捜査員が立ちあがって報告をつづけている。

「あれだけの事故に巻き込まれたのですから、犯人はかなりの重傷をおったものと考えられます。どうにか八重洲東駐車場までは救急車を運転できたとしても、そのあと、徒歩で逃走したとはとても考えられません。なんらかの方法で八重洲東駐車場で車を調達したものと思われます。当夜、二時半ごろに、八重洲東駐車場を出た車は十二台、その駐車券はすべて回収しました。鑑識に依頼し、駐車券に残された指紋と、救急車に残された指紋とを照合してもらいましたが、いまのところ合致するものはないということです」

その捜査員が腰をおろすと、入れ替わりのように本庁鑑識課員が立ちあがった。

「救急車のそのほかの遺留品について、これまでにわかっていることをご説明します。残念ながら、救急車にはおびただしい血痕が残されていて、これから犯人のものを特定するのは不可能です。毛髪については、担架から数名のものを採取、そのなかから白髪を選んで血液鑑定をしました。ここで留意していただきたいのは、人間は年齢に関係なく、意外に白髪が多いということです。白髪だからといって、それをすぐに『白髪の男』のものと断定するのは捜査を誤ることにもなりかねません。担架から採取された白髪は、分泌型O型、分泌型A型、分泌型B型に分類することができました。つまり担架からは三人の人間の白髪が採取されたということです」

「O型、A型、B型……それじゃ日本人のほとんどが当てはまるじゃないか」

捜査員の誰かがうんざりしたような声をあげた。

「おそらく犯人は遺体を捨てようとする意図のもとにレンタカーを借りた。もちろん、南池袋パーキング・エリアであんな事故に巻き込まれることなど予想していたはずがない。それなのにどうして八重洲東駐車場でべつの車を調達することができたのか？その件にかんしてはどうなんだろう」

所轄の刑事課長が尋ねた。

それに応じて、一課、井原主任が立ちあがった。

「レンタカーの会社は池袋にある。犯人は南池袋パーキング・エリア付近で、最後に残った右足を処分し、そのあとですぐにカローラを戻すつもりだったのかもしれない。そのレンタカー会社は終夜営業をしてるから、これはありえないことではない。そして高速に乗らずにタクシーで八重洲に向かう。あらかじめ八重洲東駐車場に自分の車を停めておいて、それに乗りつぐ。つまり、そうやって自分の足どりを消すつもりだったのではないか。免許証を偽造する犯人だ。それぐらいの用心はしてもおかしくない」

井原はいったんそこで言葉を切って、やや口ごもるように、そうでなければ、とつけ加えた。

「共犯者がいたか、だ。犯人が携帯で誰かに連絡をし、八重洲東駐車場まで車で迎えに来てもらうことは可能だ――」

一瞬、会議の席に並んでいる刑事たちがざわめいた。

この事件に共犯者がいるとなると事件の様相はずいぶん変わってしまう。

「もっともこれが顔見知りの人間の犯行なのか、それとも通り魔的ないわゆる淫楽殺人なのかで、共犯者がいるかいないか、その可能性も変わってくる。淫楽殺人、レイプ殺人の場合には圧倒的に単独犯が多いということだ。海外においても、淫楽殺人、レイプ殺人で、共犯者がいたというケースはほとんどないらしい。これは特被部の遠藤先生の意見なのだが――」

「…………」

捜査員たちの視線が一斉に遠藤慎一郎にそそがれる。

その視線は嫉妬の念と畏怖の念とがないまぜになった複雑なものだった。

この人物はすでに生きながら伝説と化しているといっていい。

「犯罪心理学」を専攻し、三十四歳の若さにしてすでに斯界の権威とうたわれながら、そのまま象牙の塔にこもることを潔しとはしなかった。

遠藤慎一郎の一族は、戦前、戦後を通じ法曹界に人材を輩出し、検察、司法に一大勢力を築いている。

この若き天才は、たんに「犯罪心理学」の分野に業績を積んでいるだけではない。それと同時に、一族の力をためらうことなく利用し、科学捜査研究所に強引に「特別被害者部」を設立するだけの政治力をもあわせ持っているのだ。

「…………」

いつものように遠藤慎一郎は冷静そのものだった。捜査員たちの視線を一身にあびながら、その端整な顔からはどんな感情も読みとることができない。どんなものもこの若き犯罪心理学者を動揺させることはできないようだ。

一瞬、間をおいて、遠藤慎一郎は淡々とした口調でいった。

「たしかに、淫楽殺人、レイプ殺人において、これまで共犯者の存在が認められた例はほとんどありません。しかし、だからといって、今回の事件においても、共犯者がいないと予断を持つのはどうかと思います。顔見知りの犯行という可能性が残されているのはもちろんですし、淫楽殺人、レイプ殺人においても、これまで共犯者がいた例が皆無だったというわけではないのです。ですから、このことはあくまでも参考意見程度にとどめておいてください――」

2

刑事課長が咳払いをし、そういうことだ、みんなわかったな、と念を押して、

「免許証のことはどうなっているんだ？　誰か調査している人間はいるのか？」

そう大声を張りあげた。

はい、と返事をし、所轄の専従捜査員が立ちあがった。

「偽造免許証についてはかなりの数が出まわっているものと見られます。これは『暴対』からの情報でありますが、免許はないが運転をしたい者、免許を抹消された者、不法滞在の外国人など、偽造の免許証を必要とする人間はかなりの数にのぼるようです。免許さえあれば、街の金融機関から無審査で融資を受けられるということもあり、暴力団が大量に流しているらしい。もっとも、それほど精密なものでなければ、免許

証の偽造はそんなに難しいことではありません。写真の知識と、コピー機があれば、たやすく模倣できますし、それをプレスするのも簡単なことです。これは私見でありますが、レンタカーを借りる程度の用途であれば、なにも暴力団等から買わなくても、個人で十分に偽造できるのではないかと思います――」

その捜査員が腰をおろし、しばらく会議の席はしいんと静まりかえった。

やがて井原がおもむろに口を開いて、

「われわれはこれまで南池袋パーキング・エリアの事故にはそれほど重きを置いてこなかった。犯人は、偶然、事故に巻き込まれたものだと頭からそう決め込んでいたからだ。しかし考えてみれば、バラバラにした遺体を捨ててまわった犯人が、右足一本を残し、パーキング・エリアで車を停めて休んでいたと考えるのは不自然ではないか。殺人者であれば、一刻も早く遺体を始末したいと考えるのが当然で、右足一本を残し、パーキング・エリアで休憩しているなど、犯罪者心理からいってもありえないことだ」

「…………」

捜査員たちは緊張して聞いている。静まりかえった会議室にボールペンをメモに走らせる音だけが聞こえていた。

「犯人には南池袋パーキング・エリアに車を停めるだけのなんらかの理由があったの

ではないか？ そう考えるのが自然だ。われわれはその観点からも事件を見なおさなければならないのではないか――」

井原はぐるりと捜査員たちの顔を見まわして、

「西尾圭子という二十五歳の女性が南池袋パーキング・エリアの事故に巻き込まれて死んでいる。車のなかにいたところを、トラックが突っ込んできて、車もろとも焼け死んだ。車の持ち主は田岡新造（たおかしんぞう）、四十六歳、この人物も一緒に焼け死んでいる。田岡は日本橋の老舗の紙問屋の三代目で、まあ、遊び人だ。妙なのは、西尾圭子と田岡新造の接点がまったく見つかっていないことだ。車が焼けて、着衣なども燃えてしまっているために、鑑識も断定をしぶっているが、ふたりはほとんど全裸に近い状態であったらしい。遺体の損傷が激しいために、これも検死官は断定を避けているが、つまりは性交をしていたということだろう」

「四十六歳といえば、おれとおない歳じゃないか。それが首都高のパーキング・エリアで二十五歳の娘とカー・セックスかよ。おれにはとてもそんな元気はないよ――」

とこれは一課の係長が羨ましげにいい、周囲から失笑の声が洩れた。

ここにひとつ妙なことがある、と井原は声を張りあげて、

「カー・セックスを楽しむほどの間柄だというのに、どんなに聞き込んでも、ふたり

が知りあいだったという証言が出てこない。さっきもいったように、田岡新造は根っからの遊び人で、奥さんもなかば浮気公認だったというから、西尾圭子のことをそんなに隠しとおさなければならない理由がない。それに田岡は銀座では遊ばなかった。あまりに日本橋の地元に近いというので銀座を敬遠して、もっぱら新宿まで足を延ばしていたらしい。つまり、ふたりには接点がなかった。それなのにふたりは現実に南池袋パーキング・エリアでカー・セックスを楽しんでいた。どうしてそんなことが可能だったのか？　これがまず疑問点のひとつだ——」

「………」

「西尾圭子は銀座七丁目の『こはく』というバーのホステスをしていた。一年まえまで小室京子とおなじ『まりも』に勤めていたこともわかっている。三月十二日月曜日、西尾圭子は夜の十二時ごろに『こはく』を出ている。頭が痛いといって早引けをしているんだ。西尾圭子のマンションは青山にある。それがどうして南池袋パーキング・エリアなどに向かったのか？　青山と池袋とではあまりに方角が違いすぎる。それがふたつめの疑問だ」

「要するに田岡としめし合わせてドライブに行ったということじゃないんですか」

捜査員のひとりが口をはさんで、

「池袋にはラブ・ホテルが多い」

「ありえないことではないが、いまのところそれを裏づけるような材料はない。さっきもいったように、どんなに聞き込みを重ねても、西尾圭子と田岡が特別な関係にあったという裏づけが取れない。そんな関係はなかったと考えたほうがいい。ふたりは赤の他人だよ」

「……………」

「西尾圭子が赤の他人の田岡の車に乗ったとは考えられない。なにより西尾圭子が『こはく』を出た時刻、田岡は池袋のクラブで遊び仲間と一緒に飲んでいるんだ。一時ごろ、田岡は遊び仲間と別れているが、時間的にいって、田岡が銀座で西尾圭子を拾うのはとても無理だ。ちなみに遊び仲間と別れたあとの田岡の足どりはつかめていない」

井原は咳払いをし、

「おそらく西尾圭子はタクシーを使ったものと思われるが、いまにいたるまでそのタクシーが見つかっていない。つまり『こはく』を出てから南池袋パーキング・エリアまでの足どりは不明のままだ。銀座のバーで客にしろホステスにしろ流しのタクシーを利用することはまずありえない。店から電話でタクシーを呼ぶのが普通なのに、だれに聞いても、西尾圭子がどのタクシーを利用したのかわからない。銀座のバーではどの店でも大手四社の無線配車の電話番号をひかえている。よしんば本人が電話でタクシーを呼んだとしても、それぞれの会社の配車係に問いあわせれば、西尾圭子がどの車に乗ったか、たやすくわかるはずなのだ。それがわからない。どうしてなのか？　それが三つめの疑問だ――」

「大手四社でなければ個人タクシーじゃないんですか。西尾圭子が個人タクシーを利用したということは考えられませんか」

と、これは所轄の捜査員が遠慮がちに聞いてきた。

そんなことはありえない、と井原は首を振って、

「個人タクシーといっても必ずどこかの個人タクシー組合に加盟している。妙な話なんだけどな。どこに問いあわせても該当するタクシーが出てこないんだよ」

「そのことに関連してお知らせしたいことがあるのですが――」

一課の捜査員が挙手をし、席を立った。

「小室京子の場合も足どりがつかめないことでは似たようなものです。鑑定解剖の結果では、死亡推定時刻は十二日午後七時ごろからということになっているのですが、それが八時ごろからに短縮されたのは、その日の七時ごろ、小室京子が『まりも』に

顔を出しているからです。十二日、小室京子は休みということになっていたのですが、日比谷のK物産営業部長と『日航ホテル』のロビーで待ちあわせをし、そのまま連れだって『まりも』に出ています。いわゆる同伴出勤というやつです」

「同伴出勤しておいて、自分はあっさり帰っていったというのか。その営業部長、いい面の皮だな。これだから女というやつは信用できん。その営業部長、何歳だ？」

と一課の係長が聞いて、

「四十六歳です」

捜査員が答えた。

「…………」

係長は苦虫を嚙みつぶしたような顔になった。

「同僚のホステスの話では、小室京子は『まりも』を出るときに電話でタクシーを呼んでいたということです。当然、われわれはそのタクシー会社の特定につとめましたが、これが皆目わからんのです。どこの会社のどの配車係にも小室京子からのものらしい電話連絡は入っていない。その結果、小室京子が『まりも』を出てから、バラバラ死体となって首都高にばら撒かれるまで、どこでどうしていたのかまったく足どりがつかめていない有り様です」

捜査員は腰をおろした。

しばらく会議室には沈黙がただよって、幽霊タクシーか、と誰かがボソリとそうつぶやいた。

「首都高の護国寺入口のゲート係員からはなにか証言が取れましたか」

会議室の隅のほうから聞き慣れない声がそう質問した。

捜査員たちの視線が一斉にそちらに注がれた。

質問したのは特被部の袴田だ。

捜査員の誰ひとりとして、特被部の袴田がそこにそうしてすわっていることを、それまで意識していなかった。

「あいかわらずだよ。あのおやじ、意外にしぶとい。ただ、かかずりあいになりたくなかった、それで救急車のことは黙っていた、その一点張りなんだけどな」

井原がそう答えると、袴田はひたいを指で掻きながら、

「その係員に個人タクシーの運転手に誰か知り合いがいないかどうか聞いちゃくれませんか。もしかしたら一気に崩れるかもしれない。これはうちの北見捜査官からのたっての要望なんですけどね。どうもなにか気になることがあるらしい——」

「どういうことだ？」

「わたしにはわかりません。北見捜査官にもどういうことだかわかっちゃいないんじゃないですかね。要するにたんなる第六感じゃないんですか――」

袴田はタバコに火をつけて、

「ただ、これこそわたしの第六感なんだが、ゲートの係員にそのことを聞けば、西尾圭子、小室京子が口をそろえていったこと、凄いものを見てしまった、というその凄いものが何なのか、そいつがわかるような気がするんですがね」

3

三月二十日火曜日、午後――

志穂は銀座通り裏の鮨屋でひとりお茶を飲んでいた。

客の姿はない。

カウンターのなかで若い衆がひとり、鮨の盤台を洗っているだけで、ほかには店の人間の姿もない。

それも当然で、すでに二時をまわっていて、鮨屋は昼の営業を終えている。

志穂はついたてで仕切られた上がり座敷にすわっているのだが、手持ち無沙汰を持てあましていた。せっかくの休憩時間をぶち壊しにしているようで、店の人たちに対しても気が引ける。

――どうしてこんなところを待ちあわせの場所に指定したのだろう？

この時刻、この店を待ちあわせに指定してきたのは正岡則男だった。

正岡はいつになく性急だった。

「会えないだろうか。どうしても会って話したいことがあるんだ――」

今朝早くに電話をかけてきて、いきなりそういった。

相手が正岡でなければ即座に断っていたところだ。

自分でも呆れるのだが、心から接客サービス業があわないらしく、たった一晩、ホステスをやっただけで、へとへとに疲れきってしまった。

袴田とは密に連絡をとる必要があるが、それ以外は何もせずに、ただひたすら出勤の時間まで休んでいるつもりだった。

が、正岡から会いたいと連絡があれば、それをむげに断るわけにはいかない。

正岡に対しては、任意同行を求め、もうすこしで留置場に入れてしまうところだった、という引けめを感じている。いや、そんなことがなくても、正岡の誘いを断ることはしなかったろう。

あまり認めたくないことだが、

——恋人の小室京子さんが亡くなって、いまの正岡さんはひとりだ……

どこかにそんなさもしい気持ちが働いているのかもしれない。

学生時代にほのかに覚えた好意の念はいまも変わらず残っている。それはまだ恋と呼べるほどはっきりしたものではないが、恋に発展させてもいい、とそんなふうに漠然と感じてはいる。

格子戸を開ける音が聞こえ、

「いらっしゃい」

カウンターの若い衆がそう威勢のいい声を張りあげた。

「すまない、ちょっと場所を借りるよ」

正岡が店に入ってきた。

志穂に向かって、やあ、と右手をあげ、座敷にすわった。

そんなところはいかにも場なれた銀行マンという印象だ。

しかし——

「…………」

その顔を見て志穂は胸を突かれるのを覚えた。

ことさら元気なふうを装っているが、正岡は憔悴(しょうすい)の色を隠せずにいる。ろくに寝ていないのではないか。肌に生気がない。頬がこけて、目が落ちくぼんでいた。

従業員がお茶とおしぼりを運んできた。

「呼びだしておいて遅れて申し訳ない。急な仕事が入ってきて、抜け出すのに手間どってしまったんだ。なにしろ銀行というところは人使いが荒い。いやになるよ」

正岡はおしぼりで顔を拭いながらそう笑った。

その笑いも痛々しさを誘うばかりだ。

「おもしろいところを知ってるのね。ここはおなじみさんなの？」

志穂は聞いた。

「そうでもないけど、まえに融資のことで相談に乗ったことがあるんで、多少のわがままは聞いてくれるんだ。あまり人に聞かれたくない話をしなければならないんでね。こんなところに来てもらった。話が終わったら鮨を握ってもらおう。時間外だけどそれぐらいの融通はきく。ここの鮨はあなごが有名なんだ」

「正岡さん――」

「うん？」

「大丈夫？　ちゃんと寝てる？」

「…………」

一瞬、正岡の顔がゆがんだ。

顔をそむけ、そしてその顔をおしぼりでゴシゴシと乱暴に拭った。

志穂は心ないことを聞いてしまったと後悔した。

学生時代からつきあっていたガールフレンドが無残に殺されたのだ。殺されて、バラバラに切断され、首都高にばら撒かれた。

大丈夫なはずがない。ちゃんと寝ているはずがないではないか……

「いまから思えばさ。あいつにとってぼくは酒場にキープされた焼酎のようなものだったんだよな。ほかの男と適当に遊んで楽しんで、時期がきたら、ぼくと一緒になればいい。要するにそういうことだったんだ。恋人なんかじゃない。結婚相手だ。J銀行に勤めているんだったら、まあまあ、結婚相手として不足はないもんな。だけど、ぼくは本気であいつのことを好きだった。こんなことというのはみっともないとはわかってるんだけどさ。安全パイの結婚相手としてではなく、ひとりの男として、恋人として考えてほしかったよ――」

正岡は学生時代の口調に戻っていた。自分をいじめるような激しい口調だ。それだけ内心の動揺が激しいのだろう。

ひとりの男が内心をあらわにさらけ出すのを見るのは、ほとんど苦痛だった。

しかし、いまは正岡の気が済むまで話をさせておくしかないだろう。

「ぼくは何をいってるんだ？」

正岡はつぶやいて、気をとりなおしたように首を振り、

「すまない。忘れてくれ。いや、こんな下らないことを聞かせるために、北見さんを呼んだわけじゃないんだけどさ――」

「あやまることなんかないよ」

「下らない話さ。あいつがそういう女なのはまえからわかっていたんだ。わかっていて、つきあってたんだから文句はいえない。北見さんに来てもらったのは、そんな泣き言を聞いてもらうためじゃなくて、どうしても見てもらいたいものがあったからなんだ」

「見てもらいたいもの？」

「ああ、これなんだけど――」

正岡は鞄を開けると、大判の封筒を取りだした。

「こんなもの、若い女性に見せるべきものじゃないんだけど……北見さんは警察の関

係者なんだから、見てもらったほうがいいかなとそう思って――」

「………」

郵便封筒だ。

宛て名は小室京子になっている。

差し出し人は、遠洋社という会社で、住所は神保町になっている。社名を見ただけでは何の会社かわからない。

「京子のお母さんが東京に出てきたろう。そのときお母さんに頼まれたんだ。京子の郵便物は郷里のほうに転送する手続きをとったんだけど、郵便物が転送されるまで一週間ぐらいはかかるらしい。そのあいだ京子のところに届いた郵便物を取ってきて、まとめて郷里に送るのを約束したんだよ。それで、きのう銀行の帰りに京子のマンションに寄って郵便物を取ってきたんだけど……その封筒のことが妙に気になってね。どうしてかお母さんには送らないほうがいい気がした。それで悪いとは思ったけど開封した。開封してよかったよ。そんなものを送ったらお母さんをなおさら悲しませることになる」

「………」

志穂は封筒を開けた。

なかに雑誌が入っていた。

「桃ねこ倶楽部」という雑誌だ。

表紙にはヌードの女の子がしなをつくって横たわっていた。それもきわどいのを通りこして、見る者にほとんど生理的な嫌悪感をもたらすようなヌードだ。

ひどい雑誌だ。

禁断、フェラ、3P発情、アクメ、スワッピング、M女調教、などという煽情的でどぎつい言葉が表紙におどっていた。

読者からのポルノ投稿写真で構成されたいわゆる投稿誌と呼ばれる雑誌だろう。

もちろん志穂はこれまで、この種の雑誌を見たことなどないが、こういうものがあるということは知っている。

「不愉快だとは思うけど、付箋をはってあるところを見てくれないか――」

正岡は志穂と視線が合わないようにうつむいている。その顔が赤らんでいた。

「…………」

付箋をはってあるページを開けた。

思わず、うめき声が洩れた。

顔から音をたてて血の気が引いていくのを覚えた。

そこに小室京子の写真が載っていた。

雑誌の半ページを占めている。

天井からぶらさがった鎖に両手をくりあげられているのだ。全裸だ。ほとんど爪先立ちになっているのは、ぎりぎりまで高く両手をくりあげられているからだろう。足首にも拘束具が取りつけられて、両足をむりやり開かされていた。さすがに局部はモザイクで隠されていたが、煽情的というより、ほとんど陰惨といっていい写真だった。

小室京子は苦しげに顔を歪めている。カメラを正面から見つめているその目がなにかを必死に訴えかけているかのようだった。

写真にはこんなキャプションがかぶせられていた。

(わたしをもっと辱めて！　絶頂アクメにすすり泣くM女奴隷！)

羞恥と嫌悪の念に全身から血が噴き出すように感じた。

「…………」

反射的に雑誌を伏せようとした。

それをかろうじて思いとどまったのは、自分は特被部の捜査官なのだ、という自負の念が働いたからだった。

特別被害者部に所属する捜査官が被害者から目をそむけてはならない。それに、ガールフレンドのこんな写真を見せなければならない正岡の心境を思えば、それから目をそむけるのはかえって残酷なことではないか。

正岡がどうして準備中の鮨屋を待ちあわせの場所にしたのか、そのわけがわかった。

「………」

志穂は大きく息を吸い、その息をゆっくりと吐いた。

そしてあらためて写真に目を落とした。

女ではなく捜査官の目に戻っていた。

写真からなにか手がかりが得られないか丹念に見つめた。

驚いたことに写真からわかることはほとんど何もない。

小室京子の肢体だけが鮮明で、背景はほとんど闇に没しているのだ。倉庫のような場所にも思えるが、はっきりしない。おそらく意図的にそうしているのだろうが、どんな場所で撮影されたのか、それを見てとることはできない。

ただ、いえるのは、これを撮影した人間はかなり写真を撮りなれているらしい、ということだ。

携帯で撮った写真ではないだろう。デジタル写真ではないらしい。

全自動カメラの普及でアマチュアでもそこそこ水準の高い写真を撮ることができるようにはなった。

しかし、その写真は全体の構図といい、ライトのセッティングといい、ほとんどプロといってもいい技量を感じさせた。全自動に頼りきりのずぶの素人には、これだけの写真は撮れないだろう。

ひとつだけ妙なことがある。

小室京子の目が赤いのだ。

まわりが暗くて人物の瞳が開いているときによくこんな写真になる。ストロボの瞬間光が眼底の血管を写しだしてしまうのだ。

志穂にはそれほど写真の知識はない。

そんな志穂でも、フラッシュを使うときには人間の目が赤くならないように注意しなければならないことぐらいは知っている。

ごく初歩的な失敗だ。よほどのアマチュアでなければこんな失敗はしない。

これだけの写真を撮る人間がどうしてこんな失敗をしたのか？　志穂にはそのことがいぶかしかった。

——赤い目の女か。

志穂は胸のなかでひとりごちた。

なにか胸の底をひんやりと冷たいものがかすめるのを覚えた。

いずれにしろ雑誌に掲載された粗悪な印刷からは写真の細部までは見てとることはできない。この遠洋社という出版社に行き、事情を聞いて、もともとの写真を手に入れる必要があるだろう。

残念ながら「まりも」で悪戦苦闘しているいまの志穂にはその時間がない。かわりに袴田に行ってもらうしかない。

志穂は雑誌を伏せた。

「これ、わたしが借りていっていいかしら」

正岡はうつむいたままだ。

ああ、とうなずいて、顔をあげると、

「どう思う？　この写真を撮った人間が京子を殺したんだろうか」

「断言はできない。でもその可能性はあるわね。あのう、これは友人としてではなく捜査官として聞くんだけど……こんなことは聞きたくないんだけど——」

「………」

「京子さんにこんな趣味はあったのかしら？　つまり、あなたとセックスするときに、

SMっぽいことをする趣味はあった?」

聞きにくい質問だが、それだけに妙に照れたりためらったりせずに、はっきり聞いたほうがいい。いまの志穂は若い女ではなく、特被部の捜査官なのだ。

「京子はセックスを積極的に楽しむほうだった。だけどSMの嗜好があるようには感じなかったな。ごくノーマルだったと思う。この写真を撮った男がむりやりこんなポーズをとらせたんじゃないかな——」

正岡は話しているうちにしだいに激してきたようだ。その顔が赤らんできた。

「女にこんなことをして、殺してバラバラにするなんて、人間のやることじゃない。かわいそうに京子は殺されてからもこんなふうに辱められて浮かばれないよ。浮気で不実でわがままな女だったけど、こんなひどい目にあわされなければならないほど悪い女じゃなかった。かわいい女だったんだ。小鳥のような女だった。この写真を撮った野郎が京子を殺したんだ。ぼくはそいつが憎い。殺してやりたいほど憎い。捕まえてほしい。捕まえて死刑にしてくれよ。そうでなければ京子があまりにかわいそうだよ——」

声がたかぶりそうになるのを懸命におさえていた。そのこめかみに静脈が浮かんで、うっすらと涙を滲ませていた。テーブルのうえに置いた拳をぶるぶると震わせていた。

「……………」

志穂はそんな正岡を冷静に観察していた。

芝居ではない、とはっきりそう見きわめることができた。

「犯罪心理学」を専攻し、いくらかは人の心理を読みとることができるようになったという自負がある。

犯罪者のなかには生まれながらの演技者がいる。怒るのも泣くのも思いのまま、自分が無罪であることを証明するためなら、名優さながらに自分の感情をコントロールする。話しているあいだは自分の嘘をほんとうだと自分でも信じ込んでしまうのだ。そんな犯罪者を相手にするとベテランの刑事でさえだまされてしまう。

しかし――

正岡はそういうタイプの人間ではない。むしろ何かというと自分を責めたがる自己懲罰型の人間だ。こういう人間は嘘をつけない。嘘をつくと、ほかの誰よりもまず自分自身が精神的に破綻してしまう。自分の嘘に耐えられないのだ。

犯人を捕らえてほしい、そして死刑にしてほしい、というその悲しみ、その怒りは、心底からの感情の発露だった。そこにはどんな嘘もない。

――正岡さんは絶対に犯人じゃない。

もともとそうではないと思ってはいたが、いま、あらためてそのことを確認し、志穂はホッと胸の底で安堵していた。

「捕まえるわ。だから安心して。それより正岡さん、二、三日、休暇をとったほうがいいんじゃない？　帰省でもしたら？」

「親父が公務員だったからね。子供のころからあちこち転々として、ぼくには故郷といえるところがないんだよ。お袋がさきに死んで、親父も去年死んでしまったから、実家もないわけだし」

「そうか、正岡さんも淋しいね。だったらどこかに旅行でもしたら？　京子さんのことは考えないようにして、といっても無理だろうけど、できるだけそう努めるようにして、ぼんやりしたほうがいい。そうしないと体がまいっちゃうよ」

正岡は唇を嚙んでうつむいていたが、ああ、そうするよ、と小声でつぶやいた。

そして顔をあげると、やつれた微笑を浮かべて、

「そろそろ鮨でも取ろうか。さっきもいったけど、ここのあなごはなかなかいけるんだぜ」

消えたタクシー

1

志穂が「まりも」の関係者に聞き込みをすることはできない。

　志穂が想像したように、「まりも」のママはホステスたちに小室京子のことを口外するのを禁じているようだ。それも当然だろう。ホステスが殺されバラバラにされて首都高に捨てられたなどということが噂になれば客足が遠のいてしまう。どうせ噂になるのは避けられないが、なにも自分たちの口からいいふらすことはない。

ホステスたちにしたところで、あれこれ刑事たちに質問され、小室京子のことを話すのにはうんざりしているようだ。

このうえ、新入りの志穂があれこれ嗅ぎまわれば、疑われ、あっさりクビにされてしまうだろう。

志穂が不審に思ったことは、袴田を通じて捜査本部に連絡される。

そのことをもとにして、現実の聞き込みに当たるのは、捜査本部の専従捜査員たちなのだった。

この日、三月二十日の夕方——

ふたりの専従捜査員が谷中にある如月敏江の家を訪れた。

如月敏江は「まりも」のチーママだ。

「まりも」はママの江淵容子ではなく、チーママの如月敏江でもっている、といわれている。

要するにやり手ということなのだろうが、それでいてホステスの誰に聞いてもチーママの評判は悪くない。

ホステスといえば、マンションに暮らしているものとばかり思い込んでいた捜査員たちは、如月敏江が下町のしもた家に住んでいるのにややおどろいたらしい。

それもどうやら実家らしく、母親と一緒に暮らしている。

玄関に「華道、着付け教室」の表示が出ていたが、敏江に聞くと母親が教えているのだという。

「もうそんなにお弟子さんなんかいないんですよ。ただ、歳もとしだから、何かしてないとボケちゃうんじゃないかと思って」

敏江は笑った。

しっとりとしているが、それでいて客あしらいがよく、てきぱきと段取りがいい。昔ながらの下町美人という感じで、ホステスたちに評判がいいのもうなずける。

いつもは教室に使っているという、八畳の座敷に通され、お茶と和菓子を出された。

捜査員は恐縮しながら、

「どうぞおかまいなく。すぐに失礼させていただきますから。それで小室京子さんのことなんですが。いや、何度も同じことをお聞きするのは心苦しいんですが――」

事件当夜、小室京子が「まりも」を出てからの足どりのことを尋ねた。

小室京子が「まりも」から電話でタクシーを呼んだのはわかっている。電話でタクシーを呼んだというのは、つまり配車係に連絡したということだ。

が、大手四社の配車係はもちろん、どの個人タクシーの組合でも、その夜、小室京子からの電話を受けた覚えがないという。したがって、いまだに小室京子が乗ったタクシーを特定することができずにいるのだった。

これはどういうことなのか？

「わからないわ。ほんとうにアケミちゃんはタクシーを呼んだのかしら？　もしかして知り合いに頼んで車で迎えに来てもらったということはありません？」

京子は「まりも」ではアケミの名で呼ばれていた。

「そのことはわれわれも念をいれて確認しました。たしかにタクシーを呼んでいたということです。あの夜、小室京子さんがタクシーに乗ってどこかに行ったのはまちがいないことなのです。そのどこかで殺されて、バラバラに切断され、首都高に捨てられた。小室京子さんが乗ったタクシーがわかれば、それがどこなのか特定できるはずなんですけどね――」

「おお、怖い」

敏江はブルブルと首を震わせ、

「かわいそうに。アケミちゃん、あんなにきれいな子だったのに……」

「これはママの江淵さんにもお尋ねしたことなんですが、お店のほうでどこかのタクシーの運転手と個人的に契約しているというようなことはありませんか。無線配車係を通さないでタクシーに直接に連絡するというようなことなんですが」

「ママは何といってます？」

「いや、これは如月さんにお尋ねしていることなので、江淵さんの答えは気にしないでいただきたいのですが」

「そういうことはありません。ママも否定したはずです――」

敏江はきっぱりと首を振って、

「以前、バブルのときには、深夜二時を過ぎても無線タクシーがつかまらないという状態でしたから、それは、まあ、ママが昵懇にしている個人タクシーの運転手さんに、無線配車係を通さないで来てもらう、というようなこともありました。でも、いまはそんな必要はありません。銀座はどこも暇ですからね。十二時でも一時でも楽に無線をつかまえることができますから……」

「そうですか」

捜査員は落胆した。

どこまでいっても小室京子が乗ったタクシーは消えたままだ。小室京子ばかりではなく、西尾圭子が乗ったはずのタクシーもあいかわらず特定できずにいる。

「あのう、これもお尋ねしづらい質問なんですが――」

もうひとりの捜査員が口を出し、

「死んだ人のことをいうのには抵抗があるでしょうが、小室京子さんはどんな女性だったと思われますか」

「べつに抵抗なんかないわ。嘘をつくのはよくないかもしれないけど、なにも死んだからといって、その人のことを誉めちぎる必要もない。そうでしょう?」

「はあ、割り切っていらっしゃる」

「そうじゃない。ただ、あれこれ取りつくろうのが面倒なだけですよ。そうね、一言でいえば、アケミちゃんはホステスには向いてなかったわね」

「そうですか――」

「意外そうね」

「意外です。小室京子さんは明るくて派手で客の受けもよかったと聞いている」

「あの人はね、浮気すぎるの。よくいえば多情な人ね。どうせ客は女めあてでやって来るんだけど、ホステスがそれに乗っちゃ駄目。ホステスはね、客を適当にあしらうぐらいでちょうどいいのよ。浮気だろうが何だろうが寝たらそれでおしまい。客なんかどうせカモなんだからだましてやったほうがいいの。ひどいことをいうと思うかもしれないけど、結局は、そのほうが客のためにもなるんだわ。客に実をつくすのは論外だけど、わたしにいわせれば、浮気なホステスもホステスとしては失格ね――」

「はあ、そんなものですか」

「そんなものですよ」

敏江は明るく笑って、

「つまりアケミちゃんはホステスとしてはやぼすぎたのよ」

2

「遠洋社」は神保町の裏通りにあった。

古本屋街の裏手で、小さな雑居ビルの三階に編集室をかまえていた。

袴田がそのまえを二度も行きすぎて気がつかなかったほど目だたないビルだ。

編集部といってもせいぜい十坪ほどの狭いオフィスにすぎない。そのいたるところに写真や原稿のコピーが雑然と積みあげられていた。

意外なことに「桃ねこ倶楽部」の編集長は女性だった。

中年の、眼鏡をかけた、どこにでもいるおばさんという感じの女性だ。

清水典子（しみずのりこ）、その名前からして学校の先生のように色気がない。

以前、所轄の防犯課にいたときアダルトショップの手入れに加わったことがある。

内職のおばさんたちがいかがわしい性具を作っているのを「わいせつ物販売」の容疑で摘発したのだが、なんともいえず、わびしい印象を受けたものだ。

いやでも、そのときのわびしく、うらぶれた雰囲気を思いださざるをえない。

志穂に頼まれたのでなければ、こんな聞き込みは願い下げにしたいところだ。

女編集長に「桃ねこ倶楽部」に掲載された小室京子の写真を示した。

「ああ、この写真ですか。今月の十三日に会社の郵便受けに入っていた写真だ。郵送されたんじゃなくて、だれかがじかに持ってきたんだろうね。うちみたいな雑誌ではときどきそんなことがある。日にちを覚えているのはぎりぎりの締切りでしたからね。この本当はもう間にあわなかったんだけど、いい写真なんで急いで差し替えたのよ。この写真がどうかしたんですか」

「十三日……」

小室京子のバラバラにされた遺体が首都高で発見されたのは十三日の未明だ。

犯人は小室京子をさんざん弄（もてあそ）んで楽しんで、それを写真に撮ったのちに、殺し、その遺体を切断したというわけか。しかもその写真をわざわざ投稿誌に持参して、どこまでも被害者をはずかしめている。

——なんて野郎だ。

　さすがに袴田は怒りとも嫌悪ともつかない思いで胸がむかつくのを覚えた。

「この写真がどうかしたんですか。まさか淫行なんてことはないでしょうね。この女の子は十八歳未満には見えないけど——」

「この写真を掲載するのに本人の許可は得ていないんじゃないかね」

「封筒にはこの女の人の住所も名前も明記されていましたからね。一応、確認の電話をしたんですけどね。留守番電話になっていた。ああ、これなら本人に間違いないな、と思って、掲載したんですよ。なにしろ、ぎりぎりの締切りで時間がないときでしたからね」

「女性がこんな恥ずかしい写真を自分で投稿してくるなんておかしいとは思わなかったのかね？」

「おかしいとは思いませんでしたよ。例のないことじゃないからね。見られるのに快感を覚える女もいるんですよ」

　どうやらこの女編集長は、写真の女と、首都高のバラバラ殺人事件の被害者が同一人物であることには気がついていないようだ。

　新聞を読んでいないか、読んでも被害者の名前までは記憶にとどめなかったのだろう。

袴田は話を進めた。

「普通、こういう写真を掲載するときには、編集部でモデルの目を隠すんじゃないのか。こんなふうに顔をさらして掲載するのに、本人の許可を得ていないというのは、いくらなんでも編集部の怠慢なんじゃないかね」

「刑事さん、この業界のことにずいぶん詳しいんですね？」

「以前、防犯課にいたことがあるんだよ」

「ああ、それで――」

女編集長はうなずいて、

「写真を見ればわかると思うんですけどね。目が赤く発光している。顔なんかわかりませんよ。目を隠しているのと同じだとそう判断したんですけどね――」

「目を隠しているのと同じということはないだろう。見る人が見れば本人だということがわかるぜ」

「よほど親しい人が見ればね。でも、そんな人がこんな雑誌を見る気づかいはまずないんじゃないですか。見ないと思ったから本人もこんな写真を送ってきたんでしょう」

女編集長は動じなかった。

「写真が入っていた封筒はどうした？　保管してありますか」

「そんなもの保管なんかしませんよ。住所と名前だけ書きとめて、すぐに捨てちゃいますよ――」

女編集長はそういい、ふと真剣な目になって袴田の顔を見ると、

「もしかして、刑事さん、筆跡鑑定の必要があるんですか。これはなにか事件と関係があることなんですか？」

この女編集長は馬鹿ではない。馬鹿どころか、なかなかするどい。

しかし、関係者以外に捜査の内容を知らせるわけにはいかない。

「封筒がないんだったら、せめて送ってきた写真をもらいたいんだけどね」

「断ったらどうするんですか。『わいせつ図画販売』かなんかで逮捕するんですか」

「なにもそんなにことを荒だてるつもりはないさ。あんたもまさか差押えの令状を見せてくれとはいわないだろう？」

「こういう投稿雑誌はね、送られてきた写真が編集部以外に流出したということがわかったら、それでもうおしまいなんですよ。編集部を信用してるから、みんな安心して、きわどい写真を送ってくれるんだ。わたしたちはしがないエロ雑誌の編集者だけど、それだからこそなおさら読者の信頼を裏切るようなことをするわけにはいかない

んですよ」

「読者の信頼、か」

「こんなエロ雑誌の編集者がそんなことをいうのはおかしいですか」

「いや、おれは感心してるんだよ」

本音だった。

一般に、こうした仕事をしている人間は、警察に対しては極端に卑屈になりがちなのだが、この女編集長はそれなりに肚がすわっているようだ。

「どうだろう。ものは相談だが、ここはひとつ、あんたがおれのことを信頼してくれないか。あんたからもらった写真は、捜査に使うことはあっても、法廷で証拠として提出することはしない。つまり『遠洋社』から受け取ったものだということは絶対に世間におおやけにしない。このことであんたと読者との信頼関係を損なうようなことはしないよ。約束する。ここはそういうことで泣いてくれないか？」

「………」

女編集長はしばらく袴田の顔を見つめていたが、

「あんたもおかしな刑事さんだね。何もそんなことをわたしに約束しなくたって、『わいせつ図画販売』でいくらでもわたしを引っぱれるし、写真だって押収できるのにさ」

「おれにいわせれば――」

袴田はニヤリと笑っていった。

「あんたのほうがよっぽどおかしなエロ雑誌の編集長さ」

3

十二日深夜の南池袋パーキング・エリアの事故は、死者四人、重軽傷者八人という大惨事になった。

この事故の調査には、東京消防庁、所轄の交通担当が協力して当たり、これまで「首都高バラバラ死体殺人事件」捜査本部は関わろうとはしなかった。

パーキング・エリアの事故は、犯人を負傷させ、女の右足とともに救急車に収容し、そのために救急隊員ふたりが（まだ死体が発見されたわけではないが）殺されるという事件を引き起こした。

しかし、事故そのものは「首都高バラバラ死体殺人事件」には何の関わりもないこととして、これまで捜査本部から関心を持たれなかったのだ。

が、ことここにいたっては、事故に巻き込まれて負傷した被害者のなかに、タクシーの運転手がふたり交じっていることに、無関心ではいられなくなった。

本部・専従捜査員たちは、ふたりの運転手に対してはもちろん、ほかの被害者たちへの聞き込みも一斉に開始したのだった。

それと同時に「まりも」の客たち、とりわけ深夜、タクシーで帰宅する客たちに対する調査も開始された。

そうした客たちのほとんどが社用族だ。バーで遊ぶのも、タクシーで帰宅するのも、すべて会社の接待費でまかなう。

とりわけ捜査本部が関心を持ったのは、そうした客たちがタクシーの運転手に渡すチケットだ。

客たちはバーから配車係に電話してもらい、無線タクシーを呼んでもらう。

そしてタクシーを降りるときに、会社から支給されているチケットに、名前と料金を記入して運転手に渡す。

この場合、よしんば乗車、下車場所が事実と違っていても、会社のほうではそこまでチェックすることはしない。

「まりも」で遊ぶ社用族は多い。

捜査員たちは、その一人ひとりに対して、それこそ地を這うような地道な捜査を開始したのだった。

志穂のほうも調査をつづけている。

鮨屋で、正岡と会ったあとに、袴田と落ちあって、事情を話し、すぐにその足で銀座七丁目に向かった。

銀座七丁目の喫茶店で「こはく」のホステスと会う約束になっていた。

「こはく」は南池袋パーキング・エリアで事故に巻き込まれて死んだ西尾圭子が働いていた店だ。

西尾圭子は「こはく」のまえは「まりも」で働いていた。

同僚のホステスに、西尾圭子がどんな女性で、どんな交友関係があったか、そのことを質問した。

が、同僚のホステスの話はあまり参考にならなかった。

西尾圭子は貯金が趣味のようなところはあったが、それを除けば、どこにでもいる平凡な女性でしかなかったようだ。

同僚のホステスはあまり西尾圭子には好意は持っていなかったらしい。

青山に住んでいた西尾圭子が、方向違いの南池袋パーキング・エリアの事故に巻き込まれて死んだことも、それほど不思議には感じていないらしい。

「銀座のホステスなんて移動が激しいもの。誰がどこで何をしてるのか、わたしたちにだってわからないわよ。何の連絡もなしに、突然、いなくなってしまうホステスだってめずらしくないしね——」

同僚ホステスの口調は冷淡だった。

「最近では『瞳』というバーのホステスが突然いなくなっちゃったって、ちょっと話題になったわね。もちろん、お店を辞めるって連絡もなかったし、マンションにもそのまま帰らなかったみたい。ヤンキーあがりでさ、肩に蝶のいれずみなんかしてて、それがお客さんたちに受けてた女なんだけどさ」

「そういう消えてしまうホステスたちってどうなったのかしら」

「どうせソープかなんかで働いているのよ。てっとりばやくおカネになるしね。バブルがはじけて銀座も不景気でさ」

「…………」

「ところであんた——」

急に気がついたように、ホステスは志穂の顔を見た。

「どうしてそんなことを聞くの？　あんた、西尾圭子の知り合いかなんかのわけ？」

その質問を適当にはぐらかし、ホステスと別れた。

午後六時――

まだ開店する時刻ではないが、そのまま「まりも」に向かう。

ママやホステスは来ていないが、バーテンはすでに来ていて、開店の準備を始めているはずだ。

「まりも」に入り、こっそりと店の隅にある電話のほうに向かった。

店に人の姿はない。

志穂は、昨夜、その電話の受話器に盗聴器を仕掛けておいた。

受話器の上げ下げが、そのままスイッチのオンオフになり、電話回線から電源を取る方式の超小型の盗聴器だ。

電話の横にある鉢植えのなかには小型テープレコーダーを隠している。これもまた受話器をあげると自動的に録音するようにセットされている。

受話器の盗聴器はそのままにし、テープだけを回収した。

もちろん、当事者の承諾を得ないで、電話の会話を秘密裡に録音するのが違法捜査であることはいうまでもない。

誘拐、あるいは恐喝犯からの電話を被害者が録音することは許されているが、そうでないかぎり、どんな場合にも通信の秘密は侵されてはならないとされている。志穂もこれが会話の内容を盗聴するのが目的であれば、盗聴器を電話に仕掛けるようなことは絶対にしなかっただろう。

が――

この盗聴器はプッシュホンの電子音を録音する目的で仕掛けられたものなのだ。録音された会話はただちに消去され、プッシュホンの電子音だけをテープに残す取り決めになっていた。

警視庁・科学捜査研究所では、プッシュホンの電子音から、相手の電話番号を割りだすことができる。

深夜、「まりも」がタクシーを呼ぶとき、どこの無線配車係に連絡しているのか、捜査本部としてはぜひともそのことを知る必要があったのだ。

一晩、あるいは二晩を通し、「まりも」からタクシー配車係にかけられた電話をすべて分析すれば、小室京子、西尾圭子を乗せて消えてしまったタクシーの謎を解明することもできるかもしれない。

厳密にいえば、これもやはり通信の秘密を侵す、違法捜査ということになるだろう。

しかし、志穂はむごたらしく殺された小室京子のためにも、また絶望の淵に沈んでいる正岡のためにも、なんとしてでもこの犯人を逮捕しなければならなかった。

これは志穂にとって、いわばかつての同窓生のための弔い合戦の意味を持っていた。

そのためなら多少の違法捜査もやむをえないと観念していた。

もし、このことがおおやけになって、問題になるようなことになれば、自分ひとりが責任を負えば済むことだ。

しかし——

そう覚悟を決めてはいても、やはり鉢植えに隠されたテープレコーダーからテープを回収するときには、志穂の指はいくらか震えていたようだ。

首都高売春

1

「ありがとうございました」

「お気をつけて」

「浮気しちゃ駄目よ」

客を送りだして店に帰ってくる。

ほかのホステスたちとテーブルに戻ろうとするところを、

「ルミちゃん、ちょっと」

ママに呼びとめられた。

「…………」

志穂は胸のなかでため息をついた。

ルミという名で呼ばれるのが嫌いだし、ママのことも苦手だった。

「どう、すこしは慣れた？」

「いえ、わたし、皆さんにご迷惑をおかけするばかりで……」

「そうね。まだ三日めだものね。慣れろというほうが無理かもね——」

ママはうなずいたが、急に険しい顔つきになると、

「ルミちゃん、あなた、何をひとりでコソコソとやってるの？」

「え……」

志穂はあっけにとられた。

「何のことでしょう」

「とぼけないでよ」

「わたし、ほんとうに何のことだか——」

「やめて。とぼけないで。うんざりだわ。わたし、みんな知ってるんだからね」

「…………」

顔がこわばるのを覚えた。

もしかしたら盗聴器のことがばれたのではないか。そうだとしたら、言い開きのすべがない。

「さっきね、『こはく』のママさんから電話があったの。あんた、『こはく』のなんとかいう子に、首都高の事故で死んだ西尾圭子のことをあれこれ聞いたんだってね。根ほり葉ほり聞いたということじゃないの？」

「ああ、そのことですか」

盗聴器のことがばれたのではなかった。そのことにひとまず安心し、緊張が解けた。が、志穂のその態度がますますママを怒らせたようだ。眉をきりきりと逆だたせた。

「そのことって何よ。ずいぶん気軽にいってくれるじゃないのよ」

「どういうつもりなんだって、『こはく』のママ、カンカンに怒ってた。わたしがやらせたんじゃないってわからせるのに汗かいちゃったわよ。圭子ちゃんはね、以前はうちで働いていてくれた子なのよ。少しだらしないところもあったけど悪い子じゃなかった。あんた、なんで圭子ちゃんのことを調べてなんかいるわけ？　あんた誰なのよ」

「誰ということはありません。わたし、作家志望なんです。将来、ノンフィクションのライターになりたいんです――」

「ノンフィクション？」

「首都高パーキングの事故ってめったにない大事故じゃないですか。その事故に巻き込まれて死んだ圭子さんのことに何となく興味があって、それであれこれ聞いただけなんです。いつかライターになったとき、何かの役にたつかもしれないと思って――ただそれだけのことなんです」

もちろん、いま思いついたばかりの口からの出まかせだった。突拍子もない話だが、それだけに信憑性があるように聞こえるのではないか、とそう思う。

案の定、ママは志穂の話に面食らったようだ。

しばらく、あきれたように志穂のことをまじまじと見つめていたが、

「どちらにしても死んだ人のことを興味本位であれこれ聞くのはいいことじゃないわ。若いんだから仕方ないけど、すこしは人の気持ちということも考えなければね」

「はい、そうします」

「もういいわ。これからは自分のやることに責任を持つことね――」

ママは客のもとに戻っていった。

「…………」

志穂はホッと息をついた。

なんとか、きわどいところをかろうじてすり抜けたようだ。

銀座のバーというのは、志穂が考えていた以上に、たがいの関係が密接であるらしい。

ほかの店といえども、よほど注意して聞き込みをしないと、すべて「まりも」の関係者に筒抜けになってしまう。気をつけなければならない。

それに、どうやらママは志穂のことを漠然と疑いはじめたようだ。まさか志穂が警察の関係者だとまでは考えていないだろうが、うさん臭い女だと感じているのは間違いない。この調子ではあまり悠長に「まりも」の内偵をつづけてはいられないだろう。

――なにか思い切った手をうったほうがよさそうだわ。

そう考えながら、客のもとに戻った。

「よう、来たな、ルミ」

板東がそう大声でいいながら、志穂の腰に腕をまわし引き寄せて、強引に自分の横にすわらせた。

板東はあれからつづけざまに「まりも」に通いつめている。

店が終わったあとで、志穂を連れだそうとしているのだが、そのしつこい誘いを断るのが一苦労なのだ。

そう、このあたりで、なにか思い切った手をうたなければならない。まだホステスになって三日めだが、ママが疑いはじめたことといい、板東のしつこさといい、早くも「まりも」の内偵は限界にきているようだ。


深夜一時……

「まりも」の営業が終わった。

最後の客も帰って、ホステスたちもそれぞれに帰り仕度を始める。

志穂も服を着替えて、トイレに入った。

バッグから携帯電話を取りだす。

すでに科捜研では志穂が回収したテープの分析を終えていた。ふつうの会話はすべて消去し、無線タクシーを頼んでいる電話だけを残したのだ。そして、プッシュホンの電子音から、電話のナンバーを解析した。その結果、ほとんどの電話番号が、大手四社か、個人タクシーの配車係のものであることがわかった。

ほとんどというのは、ただ一本だけ、どこの配車係にも該当しないナンバーがあったからだ。

それもママの江淵容子が帰宅するときにかけたナンバーだった。どうやら個人の所有する携帯電話のナンバーであるらしい。

捜査本部の井原がこころみに、そのナンバーに電話をかけたらしいのだが、最初のうちは携帯電話の電源が切られていて通じなかったという。

井原は執念ぶかい刑事だ。

それでもあきらめずに三十分おきに電話をかけたらしい。

何度めかに、ようやく相手が出て、そのことに勢い込んで「もしもし」といったとたんに、あっさりと電話を切られてしまった。

急いでかけなおしたが、そのときにはもう携帯電話の電源を切られていた。

わかったのは相手が男の声であったということだけだ……

NTTでは電話番号からその持ち主の名を教えてくれない。正式な手続きをとって協力をあおげばべつだが、そうでないかぎり、警察といえども通信のプライバシーを侵すことはできないのだ。

いま、捜査本部では裁判所にその令状を申請しているところだ。

しかし――

志穂としては裁判所から許可がおりるのを悠長に待ってはいられない。

井原がかけたときには、やっと電話が通じても、すぐに切られてしまったというが、それは相手が男の声に警戒したからではないだろうか。

トイレのドア越しに耳を澄ます。

大丈夫だ。

ドアの外には誰も立っていない。

井原が何度もかけたという電話番号にためしにかけてみた。

さいわい相手の携帯電話は電源が切られていなかった。

呼び出し音が聞こえ、

「はい──」

すぐに男の声が出た。

通じた。

「ああ、『まりも』です。タクシーをお願いしたいんですけど……」

志穂の声は緊張していた。

2

個人タクシーだ。

相手は十分ほどで来るといったが、その十分を待たずして、タクシーが到着した。

「日航ホテル」のまえを配車場所に指定した。

「………」

乗り込んでおどろいた。

先週、所轄から九段下まで乗ったときと同じ運転手なのだ。

もちろん運転手のほうではそんなことに気がついていない。

志穂のマンションは原宿の外れにある。

そこまでやってくれるように頼んだ。

走りだしてすぐに、

「よく『まりも』からはホステスさんを乗せるんだけど、あんたは初めてだな。もしかしたら、新人さん？」

運転手がそう声をかけてきた。

「そう、入りたてのほやほや――」

　志穂はできるだけ蓮っ葉に聞こえるように答える。

「ホステスの仕事も大変だろう。なんたって銀座も不景気だからな。どう？　ホステスはおもしろいかね？」

「おもしろくなんかないよ。たいしておカネにもならないしさ」

「そうか、あんたはカネが欲しいんだ」

「そんなの当たり前じゃない？　おカネが欲しくなかったらこんな仕事やってないって」

「それだったらもっと手っとり早くカネになる仕事がいくらもあるだろうに」

　運転手の声が相手を探るようにやや低くなった。

「ソープとかキャバクラのこと？」

「まあ、そうとはかぎらないけどさ」

「もろ風俗ってなんか面倒なんだよね。それに、ああいう仕事を一度覚えちゃうと、なかなかカタギになれないっていうじゃない？　後腐れがあるの嫌なんだ。こう見えても、わたし、将来はちゃんとした普通の奥さんになるつもりなんだからさ」

「後腐れがなければいいんだ」

「そればかりじゃないけど」

「……」

運転手がちらりとルームミラーに目を走らせた。

志穂はその値踏みをしているような不快な視線に耐えた。

「これは、まあ、無理にというんじゃないけどさ。じつはいい仕事があるんだ。カネにもなるし後腐れもない。拘束時間が短い、楽な仕事なんだけどな――」

「……」

「よかったら明日にでもあんたにその仕事を紹介してやるよ。やるかどうかはあんた次第だ。店がひけたら、また同じ場所で待っててくれればいい。そしたらあんたをそこに連れてってやる」

「やだ、なんか怖いな」

「怖くなんかないさ――」

運転手は含み笑いをし、そのあとに志穂が愕然とする言葉をつづけたのだ。

「あんたに凄いものを見せてやるからさ」

自分の部屋に戻り、バスタブに湯を入れたとたんに、袴田から電話がかかってきた。

袴田とは毎日の連絡を欠かさない。

個人タクシーの運転手のことを話した。

運転手の名前を告げて、本部のほうで調べてくれるように頼んだ。

あの運転手は無線配車係を通して仕事もしているだろうが、直接、携帯電話で仕事を受けてもいるらしい。

捜査本部のほうでも、首都高護国寺入口のゲート係員や、事故に巻き込まれたタクシー運転手に聞き込みを重ねて、着実に情報を蓄積しているようだ。

——凄いものを見せてやる……

運転手の言葉を伝えると、とたんに袴田の声が緊張したものに変わった。

「その運転手が小室京子や西尾圭子とつながりがあったのは確かだな。西尾圭子は以前『まりも』で働いていたからな。ママも一枚噛んでいるかもしれない。ママが配車係を通さずに、直接、その運転手にタクシーを頼んだということじゃないか。携帯電話でじかにやりとりしている。これなら配車係に記録は残らないし、運転手本人が名乗りでないかぎり、小室京子や西尾圭子が乗ったタクシーが突きとめられることもない。小室京子や、西尾圭子はタクシーに乗って、運転手に凄いものを見せてやるといわれ、どこかに連れていかれた。要するに、その後腐れのない仕事とかを引き受けたわけだろう」

「売春かしら？」

「ああ、そうとしか考えられない。しかし、ただの売春を凄いものとはいわんだろう。ほかにも何かあるんだ」

「ほかにも何か……」

小室京子のあの写真を思いだした。

胸の底をひやりと冷たいものがよぎるのを覚えた。囮捜査官を志願したときから、ある程度の危険は覚悟のうえだが、今回の囮捜査は恐怖感よりも、むしろおぞましさのほうが強い。

「とにかく、こちらのほうでも万全の準備をととのえておく。準備がととのい次第、またこちらから連絡するよ。今夜は電話を空けといてくれ。もしかしたら『首都高バラバラ死体殺人事件』も大詰めなのかもしれないぜ。売春がらみは意外だが、捜査本部でもこれが事件解決の突破口になるんじゃないかとはりきっているらしい」

「袴田さん――」

「何だ？」

「頼りにしてるからね。わたし、囮になるのはいいけど、売春なんて死んでも嫌だからね。お願いだから、きちんとわたしのことを護衛してね」

「まかしとけ」

袴田は気楽にそういったが、志穂としてはその気楽さがなんとも心細い。

「ああ、それから小室京子の写真な、『桃ねこ倶楽部』から取ってきたよ。すぐに鑑識にまわしたが、編集部員の指紋だの、印刷所の作業員の指紋だのが、べたべたついている。場合によっては、編集部員や作業員の指紋をとって調べなければならないが、いまのところ犯人の指紋を特定するのはむずかしいんじゃないかな」

「現像はどうなの？　犯人はフィルムを現像に出してるんじゃない？　そのことから何かわからないかしら」

「いまどき、あんな写真、現像に出す奴なんかいるもんか。かといってカラー写真だから犯人が自分で現像するのもむずかしい。捜査本部ではレンタル・ラボに出したんじゃないかとそう考えているらしい」

「レンタル・ラボ？」

「そういうのがあるんだよ。あちこちにある。レンタル・ラボを使えば、人の手をわずらわさずに、自分だけで写真を現像できる。素人がポルノまがいの写真を撮るようになったのもレンタル・ラボがあるからなのさ」

「ふうん、そんなのがあるんだ」

「ああ、あるんだ――」

袴田は気が急いているようだ。

「写真の拡大コピーを郵便受けに入れておいた。見て愉快になるような代物じゃないだろうが、女のあんたが見れば、また、なにか新しい発見があるかもしれない。暇なときに見といてくれ――」

「わかったわ、そうする」

「じゃあ電話を空けといてくれよ」

袴田は電話を切った。

ドアの郵便受けから封筒を取ってきて、あらためて写真を見た。

「…………」

やはり平静な気持ちではいられない。

こんなふうに写真で見ると、小室京子の凄まじい姿が、雑誌で見たときよりも何倍もなまなましいものを感じられる。

なまなましく、淫靡で、そして凄惨だ。

――獣だわ。

この写真を撮った男は真性のサディストだった。

そこには〝愛〟のかけらさえも感じられない。

ただもう女体をはずかしめ嘲笑する、貪欲で冷酷な欲望だけがあらわにさらけ出されているのだ。

女体をたんに快楽の対象としてしか見ず、それをぎりぎりまでたわめ歪めて、羞恥の極限におとしいれようとしていた。

もっとも鑑識のほうではこの写真を撮られたとき、すでに小室京子は死んでいたのではないか、とも考えているようだ。

その目が赤いのは、つまり死んで瞳孔が開いているからなのだ、ということらしい。

死んでいるのか生きているのかもわからない女がひとり、辱められ、男の獣めいた欲望の汚濁の底に突きおとされ、それでも懸命に何かを訴えかけている……

――京子さん。

学生時代にはそれほど親しい関係ではなかった。

しかし、いま、初めて志穂は小室京子に対して、友情といとおしさを覚えていた。

こんなふうに写真を拡大しても、やはり小室京子の背景はぼんやりとした闇に沈んでいるばかりで、ほとんどなにも見ることができない。

天井にダクトのようなものがほのかに見えるが、それだけではビルの一室か、倉庫か、工場か、そこがどんな場所だか特定することができない。

「………」

ふと志穂は眉をひそめた。

ジッと写真のコピーを見つめる。

つと立ちあがると、机からルーペを取ってきて、それであらためて写真を見た。

小室京子の背景、闇に沈んだ床のうえに何か白いものが転がっているのだ。

小さなピンポン玉のようなものだ。

それがフラッシュに反射してわずかに光っていた。

――何だろう？

ルーペの拡大レンズを透かしても、それが何であるのか、見きわめるのはむずかしい。

懸命に視線を凝らした。

目がちくちくと痛んで涙が滲んできた。

それでもひたすら見つづけた。

努力のかいがあった。

しだいにルーペのなかにそれが像をむすんできた。

志穂は目を瞬かせた。

それは思いもかけないものだった。

それは、

――人形の首？

そう、雛人形の首なのだった。

3

三月二十二日、木曜日……

春だというのに、この日は朝から冷え込んで、午後には雨が降って、それが夜になって霧に変わった。

体の髄までしみ込んでくるような、ひんやりと冷たい霧だった。

銀座のネオンがその霧に滲んで、ぼんやりと視野から遠のいて見えた。

深夜一時――

志穂はひとり日航ホテルのまえでたたずんでいた。

スプリング・コートを着ているが、それでも体が凍てついて、足踏みをせずにはいられなかった。

――遅い。もう来ないのかしら？

これで何度めになるか、志穂がそう思ったとき、ようやく霧のなかにタクシーのヘッドライトが近づいてきた。

路肩に寄せて、タクシーがとまり、ドアが開いた。

座席に乗り込んだ志穂に、

「首都高に乗るぜ」

運転手がそういった。

もちろん志穂の同意を求めたわけではない。一転して横柄な口調に変わっていた。

昭和通りに曲がって、銀座入口から首都高に入った。

そのまま高速1号羽田線を下っていく。

霧にさえぎられ、高速道路の両側にせまっている風景は、ほとんど何も見えない。

ただ、反対車線のヘッドライトと、前方の赤い尾灯だけが滲んでいた。

「どこまで行くの？」

「すぐ近くだ」

「その近いところで凄いものを見せてくれるわけ？」

「ああ、楽しみに待っていな」

「凄いものって何なの？」

「すぐにわかる」

会話は弾まなかった。

というより、そもそも運転手には話をする気がないらしい。

志穂は沈黙するほかはなかった。

ときおり運転手に気づかれないように後方に視線を走らせた。

しかし、どの車が尾行しているのか、それを確認することはできなかった。

——まかしとけ。

いやでも安うけあいした袴田の言葉を思いださざるをえない。

袴田は志穂の乗ったタクシーを尾行し、護衛してくれることになっている。

しかし、命をたくすには、あまりに袴田という刑事は頼りないのではないか？

いつものことながら志穂はそのことが心配になってきた。

運転手は嘘をつかなかった。

目的地はすぐだった。

羽田空港を左手に見て通過し、大師パーキング・エリアに入った。料金所に隣接した、車が十台もとまればもう満車になりそうな狭いパーキング・エリアだ。

運転手は車を徐行させた。

駐車場に入っていく車のヘッドライトに、霧の粒子がきらめいて反射し、後方に重くよどんで流れ去っていった。

が、深夜一時過ぎという時刻に、霧が濃いということもあって、それほど駐車している車の数は多くないようだ。

駐車場の一角に、五、六台ほどの車がかたまって駐車していた。

そこにタクシーは近づいていった。

何台かの車がヘッドライトを点滅させた。

それに応じてタクシーの運転手もヘッドライトを点滅させる。

「もう始まってるぜ――」

運転手がつぶやいた。舌なめずりするような濡れた声だった。

とまっている車のあいだに割り込むようにして駐車した。

一台の車だけがルームライトをともしていた。

バンだ。

後尾ドアがあげられて、車内の明かりが洩れている。

その明かりのなかに人影がもつれてうごめいていた。

「…………」

志穂は声も出ない。

車のなかで、男女が全裸の姿をさらし、激しくセックスをしているのだ。

そのこと自体にはおどろかない。それはある程度、予想していたことだ。

おどろいたのは、そのまわりにとまっている車のなかから、男たちがそれを見つめていることだ。いや、男とはかぎらない。なかにはアベックもいて、その連れの女さえもが息を殺すようにし、一心にセックスを見つめているのだ。

なにか、ひたひたと粘つく、倒錯した波のようなものを感じた。ゆがんだ欲望が淫靡な愉悦を求めて、一点、スポットライトのように視線に凝集されているのだ。熱気が、それも不毛としかいいようのない熱気が、そこに息苦しいほど濃密にこもっていた。

男は背後から女をつらぬいていた。自分はあぐらをかいて、女の体を起こし、両足を拡げるようにし持ちあげた。女の濡れそぼった亀裂があらわにさらけ出される。女は激しくあえいで、すすり泣いて、自分から臀部を男の腰にぶつけるようにし打ちつけた。

まわりの車がヘッドライトをともした。

男の陰茎が女の膣に深々と食い込んでいるのがはっきりと見てとれた。陰囊がはちきれそうに張っていた。

愛液に濡れて女の腰がつややかに光っていた。陰毛が淫らな海草のように揺れた。

男の両手が爬虫類のようにうごめいて女の乳房を揉みしだいた。

女が切なげにうめいた。

「………………」

志穂は気分が悪くなるのを覚えた。

もしかしたら、こうしたものを見ることになるかもしれないとは予想していた。予想していたものを見て、いまさら気分が悪くなるはずがない。

気分が悪くなったのは、それを十人以上の人間が凝視しているというそのこと、に対してだった。

そこには何か歪に倒錯したものが感じられた。セックスを極端にゆがめておとしめる、たんに変態的という言葉だけでは片づけられない、根源的に醜悪なものが感じられたのだ。

「今日はこれでもギャラリーが少ないほうなんだぜ――」

運転手の声もかすれていた。

「どうだ？　凄いだろう？　人がセックスをしているのを見ずにはいられない。自分がセックスをしているところを見せずにはいられない。ここにいる連中はみんなそうだ。みんな見て見られて興奮する連中ばかりだ」

「………」

「それでも後腐れがないんだ。そいつがみそなんだよ。女はおれたちタクシーの運転手が連れてくる。やるのはいつも首都高のパーキング・エリアだが、その日によってどこでやるのか場所が変わる。客のほうは、タクシーに乗ってやってくることもあれば、自分の車でやってくることもある。そのつど場所は変わるし、おれたちタクシーの運転手が連れてくるのだから、客には絶対に女の身元がわかることはない。ただの売春だったら儲けもたかが知れている。だけど、ごらんのとおり、おれたちはギャラリーも案内してくるんだ。そのギャラリー・フィーが馬鹿にならない。一回やるだけでとてつもない儲けになるんだぜ」

「あんたたちの連れてくる女の子たちが、こんなふうに人に見られてするのは嫌だって、がんとして拒んだらどうなるの？　そしたら秘密を知られたからというのでその女の子を殺すわけ？」

志穂の声は震えていた。

運転手はわざとのように、殺すぅ、と大仰に声を張りあげた。

「冗談じゃない。そんな勿体ないことをするもんか。最初は嫌がっていてもな、そのうち人に見られなければ興奮しないようになるんだよ。どんな女もそうだ——」

「…………」

「あんたもそうなるんだよ」

運転手の声はほとんど囁いているように低かった。

湾岸線東海ジャンクション

1

霧が鈍色にたちこめている。

その霧のなかに何台もの車のヘッドライトが交差している。

そして、ヘッドライトの明かりのなか、ひだがうごめくように、微妙な影をあやなして、ひと組の男女が激しくもつれあっている。

遠い日に見た夢のようだ。夢だとしたらこれは悪夢ではないか。

その悪夢のなか、志穂は自分がこう話すのをけだるい思いで聞いていた。

「あなたたち個人タクシーの運転手が何人か何軒かの銀座のバーと契約をしている。個人的にホステスと契約している場合もあるし、ママと話をつけてバーぐるみで契約している場合もある。ホステスがアルバイトをしたいとき、無線配車係を通さずに、直接、あなたたちの携帯電話に連絡する。ホステスは帰宅するふうを装って、あなたたちのタクシーに乗る。そして、あなたたちはホステスをどこかのパーキングに連れていって、そこでこんなふうに売春をさせる。これならどこにも記録が残らない。安全で完璧だわ。客のほうはどうするのかしら? たまたま、その日、あなたたちの仲間のタクシーに乗った客に話を持ちかける。携帯電話で連絡を受け、ホステスをその日のパーキング・エリアに連れていく。考えてみれば、なにもあなたたちが自分で客を見つけなければならないとはかぎらない。あなたたちには親しい運転手仲間が大勢いる。そんな運転手仲間には、いつ、どこで首都高売春がおこなわれるか、あらかじめ情報を流しておく。客には不自由しない――」

その声の調子から何かを感じとったのだろう。運転手はギクリと志穂の顔を見て、

あんたは何なんだ、とそう口走った。

しかし、そんなことにはかまわず話をつづけた。

「だけど、それだけじゃない。あなたたちは首都高入口ゲートの係員たちも何人か仲

間に抱き込んでいる。仲間といったところで、大したことをするわけじゃない。女を買いたい男、他人のセックスを見て楽しみたい男……そんな情けない男たちが夜に首都高に車を乗り入れる。そして、ゲートを通過するとき、あなたたちのお仲間の係員に、今夜は何時からどこでそれがおこなわれるのか、そのことを尋ねる。もっとも、車がゲートを通過するのは、ほんの短い時間だから、悠長に会話なんかかわしていられない。きっと合言葉かなにか決まっているのね。どんな合言葉を使うのか、それはこれからゆっくり教えてもらうことにするわ。車に乗った人間がゲートの係員に何かいう。するとゲートの係員はそのことをメモに書いて通行券といっしょにこっそり渡す。ちょっとした小遣い稼ぎのつもりでゲートの係員に罪の意識なんかない。首都高売春の噂は口コミで拡がったのかしら？　それともほかの売春とおなじように、電話ボックスか何かに、そのことを知らせる電話番号のビラでも貼ってあるのかしら？　それもこれからゆっくり話してもらうことになるわね」

「あんたは……あんたは……」

運転手は志穂がただの銀座のホステスではないことをはっきり覚(さと)ったようだ。

「わたしは警察の人間よ」

志穂はずばりと切り込んだ。

「………」

運転手の顔がゆがんだ。

助けを求めるように、その視線を車の外にさまよわせる。しかし、この男にどこにも助けなどあるはずがない。

志穂自身もこのとき囮という自分の立場を忘れていた。

そんなことより、女をこんなふうにおとしめる首都高売春に対し、ひとりの女として憤っていた。いや、首都高売春などという卑小なものを通りこし、女がこんなふうにして生きていかなければならないのを強いているもっと大きななにかに対して体の底から激しい憤りを覚えていた。

「たしかにこれは画期的な売春だわ。女も男もそのとき一度かぎり、とにかく後腐れがない。女はタクシーで、男はタクシーか自分の車でパーキング・エリアに行って、済ませて別れる。ほかの売春のように、そのための店をかまえたり、ホテルをとったりする必要がないから、あとに証拠を残す心配もない。男は気軽にカー・セックスの刺激を求めることができる。密室で知らない男とふたりきりになるわけじゃないから女も安心できる。しかも、こんなふうにギャラリーを集めて、その連中からおカネを回収することもできる。ほんと、頭がいいわよ。だけど——」

志穂の唇を嘲笑がかすめた。

「その売春のさいちゅうにあんな大事故が起こったのは誤算だった。誤算も誤算、大誤算。あんなときにトラックが突っ込んでくるなんて夢にも思わないものね。おかげで西尾圭子とその客が死んでしまった。西尾圭子を南池袋パーキング・エリアまで乗せていったタクシーの運転手も負傷して入院させられる始末よ。護国寺ゲートの係員もあなたたちに抱き込まれて小遣い稼ぎをしていたひとりだった。かわいそうにその人、すっかり動揺しちゃって、救急車がバックで入口を下りてきた、なんてべつに隠さなくてもいいことまで隠してしまった。それがかえって警察の疑惑を招くことになったのだから、なんとも皮肉な話よね。あなたも観念したほうがいいよ。入院している運転手もゲートの係員もみんな供述を始めているんだから――」

「おれは何も……いや、おれは……」

「教えてほしいのは小室京子のことよ。『まりも』のアケミ。凄いものを見た、といってたそうだから、どうせあなたが売春に引きずり込んだんでしょう。あの晩、あなたか、あなたの仲間のタクシーが、小室京子をどこかに乗せていった。どこに乗せていったの？　どこで殺したのよ。どうして殺さなければならなかったの？　首都高売春の秘密を知られたから殺したの？　どうして遺体をバラバラにしなければならなかったの?」

「………」

運転手の顔がゆがんだ。激しく、激しく、人間の顔がこんなに歪むのかと思われるほど粘土のようにゆがんだ。そして、その粘土の顔に赤い亀裂が走った。その亀裂から追いつめられた叫び声がほとばしった。

「おれはそんなことは知らなァァい!」

その余韻が消えないうちにすでに車は発進していた。

アクセルを床まで踏み込んでいた。

タイヤが金切り声の悲鳴を発した。

ギアが嚙みあっていないらしく耳ざわりな音をあげた。

志穂はガクンと座席にたたきつけられている。

息がつまるようなショックだ。

「やめなさい!」

叫んだが、そんな制止を聞きいれるはずがない。

パーキング・エリアの出口に向かって猛然と突っ走っていった。

この無謀な運転で首都高に出れば事故は必至だ。

「なにをしてるの、やめなさい」
運転手に飛びかかった。
背後から首を絞めつけたが運転手はブレーキを踏もうとはしない。
――ぶつかる！
悲鳴が出そうになった。
そのとき――
ふいに前方にパトカーの赤色灯が点滅した。
サイレンの音が響きわたり、何台ものパトカーが出口をふさいだ。
運転手は叫んで、ハンドルを切って、ブレーキを踏み込んだ。
タクシーの尾部が振れ、ハーフスピンし、側壁に接触した。
鈍い衝撃が後部に伝わってきた。
テールランプが砕けて吹っ飛んだようだ。
しかし、それだけだった。
タクシーはかろうじてとまった。
カーラジオのスイッチが入り、ＤＪのおしゃべりが始まった。
志穂は放心しながら、ぼんやりとそれを聞いている。

DJは若い女性タレントだ。

恋の話をしていた。

どんな孤独な人にもかならず恋はおとずれるとそう熱心に話をしていた。

——わたしにも恋するときがくるかしら。

ふとそんなことを考えた。

運転手はステアリングのうえに顔を突っ伏していた。

ひっそりとすすり泣いていた……

2

現場にいた人間は全員が連行された。

売春の周旋がとりあえず容疑内容であって、売春をした女性、遊客、それを見ていた人間などは参考人でしかないのだが、こうした場合には関係者を全員、引致するのが通例になっている。

実際には任意同行なのだが、こんなときにそれを拒むほど冷静で、法律の知識のある人間など、ほとんどいない。

銀座ホステスに売春を斡旋したタクシー運転手たちには、すでにそのことで逮捕状が発付されているが、捜査本部としては事情聴取を進め、いずれはそれを「殺人」の容疑に切り替えるつもりでいる。

事故に巻き込まれて死んだ西尾圭子、殺されてバラバラにされ首都高に捨てられた小室京子……

このふたりが首都高売春に関係していたことは間違いない。

捜査本部のだれもが今回の逮捕が「首都高バラバラ死体殺人事件」解決の突破口になることを信じて疑わなかった。

志穂は所轄に戻った。

所轄は首都高売春の参考人を全員引致したことで戦場のような騒ぎだ。

「捜査本部」の専従捜査員たちはさっそくタクシー運転手たちの取り調べにとりかかっているし、防犯課の課員たちも総出で、参考人たちの顔写真撮影、指紋採取、事情聴取などにあたっている。

囮捜査官の志穂のことはあっさり忘れられていた。

捜査一課の井原主任が、

「やあ、よくやってくれた。今度、フランス料理でもおごるぜ」

そうねぎらいの言葉をかけてくれたが、すぐに取り調べ室に引っ込んでしまった。井原が本気でフランス料理をおごってくれるとは思えないし、井原とふたりでフランス料理を食べるなど、考えただけでも息がつまりそうになる。

願いさげだ。

そんなことより、

――やだ、首が痛い。

いまの志穂にはそのことが気にかかる。

どうやら、タクシーが側壁にぶつかったときに、軽い鞭打ちになってしまったらしい。

所轄の玄関に向かいながら、

――明日の朝、一番で病院に行こう。

そんなことを憂鬱に考えていた。

「ルミちゃん――」

廊下で呼びとめられた。

チーママの如月敏江だ。

防犯課の課員に連れられている。

敏江は動揺していない。なにか、からかうような皮肉な顔つきになっている。

意外だったのだが、個人タクシーの運転手たちに首都高売春の斡旋を頼んでいたのは、ママの江淵容子ではなく、この如月敏江であったらしい。ママは何も知らずに、運転手の携帯電話を配車係と信じ込んで、電話をしていたらしいのだ。

もっとも如月敏江にしたところで、ホステスたちに後腐れのないアルバイトを紹介すると考えていただけらしく、そのことであがりをかすめていた様子はない。

防犯課も敏江の犯意を立証することはできないのではないか。

「チーママ……」

志穂はとっさに言葉が出なかった。

わずか数日のことだったがチーママにはよくしてもらった。今回のことは捜査に必要だったとはいえ、チーママに対する背信行為であることは間違いない。そのことを思うとチーママの顔をまともには見られなかった。

「あなた、警察の人だったんですってね。どうも変だなと思ったわよ。あなた、どう見てもホステス向きじゃないもんね。そんな人はふつうホステスになろうとは思わない。わたし、かわいそうに思って、面倒みて損しちゃった――」

鼻にしわを寄せるようにして笑い、

「あなたってやぼな人ね」

「…………」

志穂はうなだれた。

このチーママという女性は。やぼかそうでないか、それをその人に対する評価の基準にしているらしい。つまり、その評価基準にてらして、志穂は失格ということなのだろう。

チーママは防犯課員に連行されて立ち去っていった。

できればチーママに詫びたかった。

が、どんな詫びの言葉も思いつかない。

「…………」

うなだれながら玄関に向かった。

ふと顔をあげると、そこにママの江淵容子がたたずんでいた。

青ざめてこわばった顔をしていた。

どうやら参考人としてひとりで出頭してきたらしい。

「ママ、わたし……」

志穂は声をかけようとしたが、ママには相手になるつもりはないようだ。

ちらり、と志穂のことを一瞥したきりで、声をかけようともせず、さっさと署に入っていった。

ただ、すれ違うとき、志穂の胸にポンと封筒を投げつけた。

志穂は封筒を拾いあげた。

封筒のなかにはズタズタに引き裂かれた志穂の履歴書が入っていた。

最初に会ったとき、ママがカウンターで客の名刺を引き裂いて燃やしていたのを思いだした。

おそらく、あの名刺の男たちはなんらかの形でママのことを裏切ったのだろう。ふとそんな気がした。ママは名刺を引き裂くことでそんな男たちを葬り去った。そして志穂も同じようにしてママから葬り去られたのだ。

「…………」

志穂は唇を嚙んだ。

これもまた囮捜査のもうひとつの側面なのだった。

東京地検で囮捜査に対する根強い反対の声があるのは当然のことだ。どんなに言葉をとりつくろっても囮捜査とは要するに人をだまし罠にかけることでしかない。だました人間を傷つけるのはもちろん、囮捜査官もまた傷つかずにはいられない。

しかし――

これが「首都高バラバラ死体殺人事件」を解決する突破口になるかもしれないのだ。死んだ小室京子の無念を晴らすことになるかもしれない。

そのことが、いまの志穂にとって、唯一、心の支えになっていたのだが……

ふいに署内がわあんと発狂したような騒ぎに包まれた。

血相を変えた捜査員たちが一斉に廊下に飛びだしてきた。

そして志穂のことなど見向きもせずに走っていくのだ。

所轄の玄関に、パトカーや鑑識のワゴン車が横づけになり、次から次に捜査員たちがそれに乗り込んでいく。

サイレンの音が鳴り響いた。パトカーの赤色灯が点滅する。誰もが大声でわめいていた。

これまでも所轄は騒然としていた。

しかし、これはいままでの騒がしさとは比較にならない。まるで空襲にでもみまわれたように全員が殺気だっているのだ。

――どうしたんだろう?

志穂は呆然と立ちすくんだ。

井原も走ってきた。

やはり血相が変わっていた。

志穂を見て、

「なにをそんなところでグズグズしてやがるんだ！」

そう大声でわめき散らした。

「ちくしょう。どうやら首都高売春は空振りのようだぜ。バラバラ事件には関係なかったらしい。また、首都高でバラバラ死体が発見された。湾岸線の東海ジャンクションで女の死体が発見されたんだ！」

3

首都高・東海ジャンクション——

ここで首都高は羽田線と湾岸線に分岐している。

その湾岸線側の下りで女のバラバラ死体が発見されたのは深夜三時すぎだった。

場所からいえば、環七大井埠頭を過ぎて、空港北トンネルのすぐ手前ぐらいのところだ。

陸送トラックの運転手が発見した。

最初は、魚肉か、屑肉でも散乱しているのかと思ったという。

それというのも、死体が路面に散乱し、しかもその腐敗がかなり進行していたからだ。

小室京子のときとは状況が違う。

バラバラにされた遺体は、すべて一カ所に放りだされていた。

頭部、胴体、右腕、左腕、左足……

右足だけが発見されていない。

小室京子のときには右腕が発見されなかったが、この犯人は死体の一部を保管する趣味でも持っているのだろうか。

「ネコみてえな野郎だ――」

捜査員のひとりが嫌悪感もあらわに吐きすてた。

「ネコはな、獲物の一部を食べずに残しておくんだ。トンボの翅(はね)とか、トカゲの尻尾とかよ。こいつはネコみてえな野郎だぜ」

もっともそれだけで「首都高バラバラ死体殺人事件」との関連が考えられたわけではない。

東海ジャンクションの羽田線分岐点は、湾岸線から見て高架道路になっている。散乱している死体の状況から、犯人はその羽田線高架道路から遺体を湾岸線に投げ捨てたものと見られる。

午前二時半ごろ、東海ジャンクションに隣接したＪＲコンテナ基地の深夜作業員が、羽田線高架道路の路肩に一台の車がとまっているのを目撃している。

紺のセダン、車種まではわからない。

ただ、その車のかたわらに、ひとりの男がたたずんでいるのを見ている。

その男が夜目にもあざやかな白髪だったというのだ。

また遺体を切断したその切り口からも「首都高バラバラ死体殺人事件」との関連が根拠づけられた。

これは捜査員たちの検視結果で、鑑識の正式な鑑定ではない。

それだけに即断するのは危険だが、どうやら、この死体も切断されるのに電動ノコギリが使用されているらしいのだ。

死体はかなり腐乱していた。

右腕、左腕、左足などはすでに白骨化していて、鑑識課員たちは地を這うようにし、剝落した指や耳たぶ、それにヒフの断片などを拾い集めなければならなかった。

頭部もほとんど髪が抜け落ち、頭蓋骨にかろうじて筋肉組織の断片が貼りついている状態だ。

なかば腐乱してはいるが、胴体部分からその遺体が女性であることが確認された。

さらに監察医が頭蓋骨の縫合部分から、遺体の年齢を二十代前半と鑑定した。

死後一週間から十日ぐらいが経過しているらしいという。

「ちくしょう、なんて野郎だ——」

井原が憤怒にゆがんだ顔でいった。

「要するに、犯人は小室京子を殺したすぐあとに、この女を殺害しているわけだ」

死後一週間から十日……たしかに、これが同一人物の仕業だとすると、犯人は小室京子を殺したのと前後して、もうひとりの女を殺したことになる。

司法解剖に処すればもうすこし正確な鑑定結果を期待できるだろう。

ただちに裁判所に「鑑定処分許可書」が申請され、それが交付されしだい、T大の法医学教室で司法解剖がおこなわれることに決定した。

小室京子のときもそうだが、バラバラ死体の場合、それがほんとうにひとりの人間のものであるかどうか、まずその確認を急がなければならない。

これが同一犯人の仕業とすれば、顔見知りの犯行とか、首都高売春がらみの犯行という可能性は薄くなる。これはまぎれもなく淫楽殺人なのだ。

「ひでえ話だ。犯人は人間じゃない。こいつはモンスターだぜ――」

捜査員のひとりがうめき声をあげた。

これまでにも何人もの女を殺す淫楽殺人の例がなかったわけではない。

しかし、女を殺し、その遺体をバラバラにして楽しむ淫楽殺人は、日本ではほとんど例がないことなのだった。

捜査員は怒りとおぞましさで全員が蒼白になっている。

その怒りとおぞましさを、犯人逮捕の執念に変え、捜査員たちはひたすら現場検証にとりくんでいた。

鑑識は、血痕、毛髪、ヒフ組織などの遺留物の採取に努める一方で、路面のタイヤ痕、靴痕などの検出に全力を注いでいた。

いたるところで鑑識課員が写真をとるフラッシュがひらめいていた。

腕や足は現場に残しておけない。

胴体、頭部だけを、ビニール・テントで覆い、そのなかで井原主任を中心にして、監察医をまじえ、何人かの捜査員たちが検死を進めている。

志穂もそのテントのなかに入った。

テントのなかにはムッとする腐敗臭がたちこめていた。

「………」

反射的にハンカチで鼻をおさえた。

そして捜査員たちの肩ごしに遺体を覗き込んだ。

紫色に変色した女の胴体が魚の切り身のようにゴロンと横たえられていた。

志穂はそれを見て自分でも顔色が変わるのがわかった。

その胴体の肩に蝶のいれずみがあったのだ。

「こはく」のホステスと話をしたときのことを思いださざるをえない。

あのとき、銀座のホステスが姿を消すのはめずらしくない、という話になり、「瞳」というバーのホステスが失踪していると聞かされたのだ。

ヤンキーあがりで肩に蝶のいれずみをしている女だという。

あのう、と志穂は捜査員たちに声をかけた。

「………」

捜査員たちが一斉に志穂を見あげる。

井原をはじめ、捜査員たちの表情は一様に殺気だっていた。

もっとも志穂もいまさらそんなことに怯んだりするほどうぶではない。

「わたし、この被害者に心当たりがあるんですけど……」

はっきりとそういい切った。

和紙

1

被害者の名は高野朋子(たかのともこ)、二十五歳、銀座四丁目「瞳」のホステスで、三月九日の金曜日を最後にして店に出ていない。

遺体はなかば腐乱していたが、さいわい高野朋子にはかかりつけの歯科医があって、カルテに残された歯型から、被害者を特定することができた。

高野朋子の評判はいいとはいえない。

肩に蝶のいれずみをしていることからもわかるように、暴走族あがりで、覚醒剤を常用しているという噂さえあった。

その勤務ぶりもまじめとはいえず、無断欠勤が多く、客や、同僚とのトラブルも絶えなかったらしい。

そんなことから店を休んでも、誰もそれをことさら不審には思わなかったようだ。マネージャーが月曜日に電話を入れ、留守を確認しているが、それきり誰も連絡しようとはしなかった。

高野朋子も首都高売春でアルバイトをしていた。

「まりも」のように店を介してではなく、自分で個人タクシーの携帯電話に連絡し、アルバイトをしていた。

九日金曜日、「瞳」からの帰途、やはり大師パーキング・エリアに立ち寄り、そこでギャラリーを集め、売春行為をしている。

いつもは、アルバイトが終わったあと、来たときと同じ個人タクシーに乗り、帰宅するのだが、その夜にかぎってはタクシーを断っている。

首都高売春の女たちは、売春行為をした当の相手と、その後、つきあうようなことは絶対にしない。

女たちにとって、後腐れがない、ということがこの首都高売春の最大の利点であり、客とつきあうのはみずからその利点を放棄することになるからだ。

売春を周旋するタクシー運転手たちも、その後女たちが客と個人的につきあうことがないように注意していた。

首都高パーキング・エリアでその場一回かぎり、という原則を破れば、いずれは警察に目をつけられるだろうし、女と客たちがじかに交渉して自分たちのあがりがなくなることも警戒していた。

売春行為のあと、できるだけ女を自分のタクシーに乗せ自宅まで送りとどけるようにしていたのは、そんなことになるのを避けたかったからだ。

ただ、高野朋子にはややルーズなところがあって、ろくに後さきのことも考えずに行動することが少なくなかったらしい。

警察ではいち早く、このときの高野朋子の相手の客を探しだしている。

この人物は、大阪から出張してきた某製糸企業の宣伝部長で、事件には何の関わりもない。

だとすると、そのあと高野朋子がつきあった相手として考えられるのは、ギャラリーのなかの誰かということになる。

こうして首都高売春と「首都高バラバラ死体殺人事件」との結びつきがわかってき

たのだった。

　つまり——

「首都高バラバラ死体殺人事件」の犯人は首都高売春を通じて犠牲者を物色していたのではないか。

　月曜日の事故当夜、犯人が首都高に遺体を捨ててまわる途中、わざわざ南池袋パーキング・エリアに車をとめたのは、新たな犠牲者を求めるためではなかったか。

　ただし、その夜、売春行為を働いていた西尾圭子は、事故に巻き込まれ、車のなかで客もろとも焼け死んでしまっている。

　幸か不幸か、「首都高バラバラ死体殺人事件」の犯人の犠牲にされることがなかったわけだ。

　もっとも小室京子を殺し、その遺体を首都高に捨ててまわっている途中の犯人に、すぐに次の犠牲者を求める気があったかどうかは疑問だ。

　たんに、これからの参考にするために、首都高売春を見物するだけのつもりだったかもしれない。

　そんなふうに考えれば、十二日事件当夜、バラバラにした遺体を首都高に捨ててまわっていた犯人が、どうして南池袋パーキング・エリアにわざわざ車をとめたのか、そのわけもうなずけるだろう。

たしかに、この犯人は異常だが、異常者には異常者なりの論理の筋道がたっているものだ。

——凄いものを見た。

これは売春を周旋していた運転手のいわば口癖で、小室京子と、西尾圭子が共通して知人に洩らしている言葉でもある。

この凄いもの、という言葉が首都高パーキング・エリアでの売春行為を指しているのはいうまでもない。

このことからも小室京子が首都高売春のアルバイトをしていたのは間違いない。

ただ、小室京子の場合、捜査を進めるうえで、大きな支障が立ちはだかっていた。

首都高売春に直接たずさわっている個人タクシーの運転手は五人、そのうちのふたりまでが南池袋パーキング・エリアの事故に巻き込まれて入院している。

ひとりは軽傷だが、もうひとりは全治二カ月の重傷で、この重傷を負っている運転手に対しては、警察でも思うように事情聴取を進めることができない。

間の悪いことに、十二日月曜夜八時ごろ、銀座から小室京子を乗せたのは、この重傷を負った運転手であるらしいのだ。

そのために、いまだに「まりも」を出てからの小室京子の足どりははっきりせず、これが捜査を進めるうえでの最大の支障になっているのだった。

ただ、そのあとすぐに小室京子はどこかで殺され、その遺体をバラバラに切断された、という捜査本部の見解は変わっていない。

高野朋子の場合はどうか？

金曜日深夜、というか土曜日未明、高野朋子は首都高売春のアルバイトをし、その後、おそらくギャラリーのひとりだった犯人とともに、どこかに姿を消している……

遺体の腐乱が激しいために、高野朋子がいつ殺されたのか、司法解剖でもそれを鑑定することはむずかしかった。

小室京子が殺されたのは翌週の月曜日であるから、常識的に考えれば、高野朋子は小室京子よりもさきに殺されたということになるが、捜査本部としては必ずしもそうとは考えていない。

犯人は女を手にいれても、それを弄んですぐに殺すとはかぎらない。なかには、手元にとどめておいて、長くそれを楽しむということもあるのではないか。

捜査本部の幹部たちがそう意見を一致させたのは、もちろん高野朋子の遺体が発見されたのが小室京子のそれよりもはるかに遅かったからであるが、それが唯一の根拠というわけではない。

三月二十三日金曜日――

その日、高野朋子の写真が投稿誌「桃ねこ倶楽部」の編集部に送られてきたからでもある。

2

同日――

袴田は「桃ねこ倶楽部」の女編集長に電話で呼びだされた。

神保町の喫茶店で待ちあわせをした。

いまは懐かしの名曲喫茶だ。

電話を受けて、

「なんだよ、いい歳をして名曲喫茶かよ。高校生じゃあるまいし。おじんとおばんが名曲喫茶でデートしたってさまにならねえぜ」

袴田はそう悪たれをきいたものだ。

「こんな雑誌をつくってるとね、男女関係はもう沢山という気になってくるんだ。この世にあんな薄汚いものはないからね。あんたがいい男だったら電話なんかするもんか。しょぼくれた、パッとしない男だから、こうして電話をかけて、情報のひとつもやろうというんじゃないか」

「いいたいことをいいやがる」

袴田は笑った。

女編集長清水典子と袴田とのあいだには男女の差をこえて妙な友情めいたものが芽生えつつあるようだ。

ふたりとも下積みの、世間的には成功者とはいえない人間で、清水典子は未婚のまま四十代になり、袴田はとっくに離婚し、家庭にめぐまれなかったということでも共通している。

なにより、さんざん世の中の汚濁にまみれ、世間を斜めに見るようになったが、それでいてどこかに硬派の部分を残していることでも、このふたりは同類といえるだろう。

しかし——

そんなしぶとく、食えない袴田も、その写真を見せられたときには、さすがに顔がこわばるのを覚えた。

「こいつはひどい――」

うめき声をあげた。

肩にいれずみのある女が、全裸で椅子にすわらされているのだ。両手を高々と吊りあげられ、両足を左右の肘掛けに割られて、臀部をほとんど椅子の縁ぎりぎりまでずらしている。当然のことながら、その局部をあらわにさらけ出すことになり、そこには卑猥な淫具が二本使われていた。

防犯課に長く勤務していた袴田は、露骨ということでは、これより数倍も露骨な写真をいくらも見てきた。

しかし、この写真には、これを撮った人間の女体そのものに対する悪意、ほとんど悪魔的ともいえそうな嘲笑が、ありありと滲んでいた。たんにポルノ写真というにとどまらず、人間の、とりわけ男の心の底にひそんでいる獣性をえぐって、それを余さずさらけ出すだけの迫真性をみなぎらせていた。

この写真を撮った人間には才能がある。それは疑いようがない。

その意味ではこれは芸術写真ともいえるだろう。しかし、これはまた、なんという芸術であることか！

「凄い写真だろう？　これが送られてきたときに、ああ、これは、ええと、小室京子だっけ、あの子の写真を撮ったのとおなじ人間の作品だってピンときたんだよ。素人の投稿写真ではとてもこうはいかないからね。それに女の目のこともあるしさ――」

「………」

袴田は黙ってうなずいた。

この写真の女もやはり瞳孔を開いて、フラッシュの光に眼底の血管を赤く写しだしているのだ。

ここにも赤い目の女がいた。

これだけの写真技術を持つ人間が、どうしてこんなふうに被写体の目を赤く写すような失敗を犯すのだろう？　ふたりの女が二人ともすでに死んで、瞳孔が開いていたとは考えにくい。

いや、二枚も重なれば、これを単純に写真を撮った人間の失敗と考えるわけにはいかない。そんなことはありえない。この写真を撮った人間は明らかに意図的に被写体の目を赤く写しているのだ。しかし、そこにどんな意図が秘められているというのか。

「写真といっしょにこんな手紙も送られてきたんだよ――」

清水典子は薄い封筒を取りだした。

封筒の表には、ワープロのラベル印刷で「遠洋社」の宛て名が記されている。
もちろん差し出し人の名前はない。
袴田は手袋を塡めて封筒から一枚の紙を取りだした。
手紙はワープロ印刷ではない。
ボールペンの手書き、達筆ともいえる筆致で書かれてあった。

女は花。
病んだ花。
うっすらと血の透ける柔肌の、
あわあわと咲いて、
散る、
花。
おれは――花を散らすのにはほとほと疲れはてたのだ。かといって、それを咲かせたままにしておくのにも耐えられない。やめろというのか？　ああ、やめられるものならとっくにやめている。おれには自分をどうすることもできないのだ。どうにかしてくれ。こんなおれを早くとめてくれ。誰でもかまわない。お願いだから。お願いだから。早く、早く、おれを捕まえてくれ！

袴田は何度もそれを読み返した。

そして、

「こいつは普通の便箋じゃないようだな——」

そうつぶやくと、その紙を窓から射し込んでいる日の光にかざした。

わずかに茶色がかっていた。

手袋の生地を通してのことだから、あまりはっきりとはわからないが、かなり粗い手ざわりの、弾力にとんだ紙だった。

「こいつはどうも和紙らしい」

3

細川紙と呼ばれている。

東京からおよそ八十キロ、紙漉き（す）で知られた埼玉県小川町で、伝統的につくられている紙らしい。

洋紙の普及により、いまではもっぱら和本用紙、美術紙、工芸品的加工品などに使われることが多い。

要するに、どこにでもあるというものでもないが、手に入れるのがむずかしい、というほどのものでもない。

どうして犯人はわざわざ特徴のある細川紙を便箋がわりに使ったのか？

そのことに関しては捜査本部でも諸説が出たが、たまたま便箋が見当たらなかったので、手近にあった細川紙を使っただけのことではないか、というところに落ちついた。

この説は、便箋がわりに使われた細川紙が、かなり古いものであることからも裏づけられるようだった。

とりあえず細川紙そのものは捜査を進める有力な手がかりにはなりそうにない。

しかし——

鑑識ではこの細川紙から指紋を採取するのに成功したのだ。

「桃ねこ倶楽部」編集部員の指紋はあらかじめ採取されている。それを除去し、犯人のものと思われる指紋の特定にはげんだ。

細川紙から採取されたのは、人差し指のごく一部、いわゆる部分指紋にすぎないが、警察庁の指紋自動識別システム（FIS）の技術は、どんな指紋のかけらからもその照合を可能にしている。

救急車から採取された指紋はおびただしい数にのぼるが、この指紋自動識別システムを使えば、ひとつの指紋を照合するのに、わずか1.3／1000秒という時間しか要さない。

こうして、救急車から採取された指紋のなかから、ついに細川紙に残された部分指紋と合致するものが見いだされたのだった。

――犯人の指紋を特定した。

このことに捜査本部が奮いたったことはいうまでもない。

それだけではない。

犯人はレンタカーからカローラを借りるときに、所定の用紙に、でたらめの名前、住所などを記している。

その筆跡と、細川紙に記された筆跡とが照合され、筆圧、筆順、漢字のはねなどの特徴から、これがほぼ同一人物の手によるものであることが確認された。

つまり筆跡鑑定により、高野朋子の遺体を捨てた犯人と、小室京子の遺体を捨てた犯人が同一人物であることが証明されたことになる。

どうして犯人はこんな証拠を残すことになる手紙をわざわざ送ってきたのか？

たんなる自己顕示欲の表れか。

それもあるだろうが、必ずしもそればかりともいえない。

特被部の遠藤慎一郎によれば、淫楽殺人をつづける犯人が、自分を捕らえてくれ、と捜査側にうったえかけるのは、外国にも例のないことではないという。

おそらく、この犯人は自分で自分の淫楽殺人の衝動を抑えることができずにいる。激しい衝動にまかせ、淫楽殺人をつづけてはいるが、そのストレスはいまにも破裂寸前になっているのにちがいない。

犯人は自分では自分を抑制することができない。

無意識のうちに、捜査側がとめてくれるのを望んでいて、それが手紙という形であらわれたのではないか。

いずれにしろ、捜査本部は「首都高バラバラ死体殺人事件」の解決に自信を得て、犯人像の特定を急いでいた。

だが――

北見志穂ひとりはこの興奮のなかから疎外されていた。

首都高売春の捜査のときに乗っているタクシーが側壁に接触した。

　そのときにこうむった鞭打ちの痺(しび)れがいっこうに消えようとせず、志穂は懸命に抵抗したのだが、医師の診断でむりやり休養を命ぜられてしまったのだ。

雛人形

1

三月二十六日、月曜日――

この日、北見志穂はふてくされていた。

南池袋パーキング・エリアで事故が起こって、救急車から二人の救急隊員が消え、小室京子のバラバラ死体が発見されてから、すでに二週間が過ぎようとしている。

その間、正岡則男を被疑者としたり、首都高売春を追跡したり、捜査はあれこれ紆余曲折(よきょくせつ)をたどったが、結局は淫楽殺人ということに落ちつきそうだ。

もちろん——

これが淫楽殺人だとしても、すべての矛盾が解決されたわけではない。

その最大の矛盾として、とりあえず二点を挙げることができるだろう。

ひとつは、思いがけなく救急車に収容された犯人が、二人の救急隊員を殺し、窮地からの脱出をはかったとして、どうしてその死体まで持ち去る必要があったのか、ということだ。

もうひとつは、そもそも遺体をバラバラにする理由は、被害者の身元をわからなくすることにあるはずなのに、どうしてそのバラバラにした遺体を、わざわざ人目につく首都高などにばら撒いたのか、ということだ。

この二点の矛盾は、いつまでも捜査員たちの胸にしこりとして残されたが、そんなこととは関わりなく、現実の捜査は確実に進捗を見せていた。

犯人が高野朋子の写真を投稿誌「桃ねこ倶楽部」に送り、それに手紙が同封されていたことから、いま「首都高バラバラ死体殺人事件」の捜査は劇的な展開をとげようとしているのだ。

その手紙は普通の便箋にではなく、細川紙と呼ばれる埼玉県の特殊な和紙に記されていたという。

手紙からは犯人のものと思われる指紋が採取され、その筆跡を照合することもできたらしい。

そうした詳細はちくいち袴田から聞かされていたものの、

――どうしてこんなときに現場から外されなければならないの？

志穂はそのことが悔しくてならない。

鞭打ちで休養を命じる、というのは要するに便法にすぎないのではないか。

「首都高バラバラ死体殺人事件」に関していえば、首都高売春の一斉検挙は空振りに終わったといわざるをえない。

捜査本部としては、囮捜査に難色を示した東京地検の手前、あるいは逮捕状を発付した裁判所の手前、だれかにその責めを負わせる必要があった。

そのいわばスケープゴートとして選ばれたのが囮捜査官の志穂だったわけだ。

不条理としかいいようがないが、警察とは基本的に官僚ピラミッド組織であって、いざとなれば、そんな不条理が平然とまかり通るところなのだった。

――ちくしょう。腹たつなあ、もう。

志穂としては憤懣（ふんまん）やるかたない思いだ。

もっとも、その不条理は不条理として、現実に志穂の首と肩にしびれが残っているのはまぎれもない事実だった。

いま、午前十時過ぎ……

整形外科で治療を待っている志穂は、その首と肩に残るしびれに、板のように体をこわばらせていた。

九時半のアポイントメントを取っているのに、もう三十分以上も待たされている。

——いつまで待たされるんだろう？

ソファのうえ、背後の壁に時計がかかっている。

しかし、首をまわして時間を確かめようにも、そのかんじんの首が思うように回ってくれないのだ。

ソファの正面に鏡があり、そこに時計が映っている。

その鏡に映った時計で時間を確かめるしかないのだが、針が逆向きに回っているため、どうにも見にくくてならない。

——逆回りか……

ぼんやりと頭のなかでつぶやいて、ふと何かが引っかかるのを覚えた。

が、あらためて考えようとすると、何がそんなに気にかかったのか、もうそのことがわからなくなっている。

「逆回り……」

口に出してそうつぶやいたとき、ようやく看護師が志穂の名を呼んだ。

2

屏風(びょうぶ)のまえに、男雛と女雛がならんで、その横に雪洞(ぼんぼり)がある。ガラスの一輪挿(ざ)しに桃の花――出窓に置かれて、殺風景な診療室に、そこだけほのかに春めいて明るい。

治療を受けながら、その雛人形を見つづけていた。

せっかくの雛人形も志穂の胸にはいまわしい記憶を呼び起こすだけだ。

小室京子が全裸で無残に吊りさげられていたあの写真のことを思い出さずにはいられない。

その闇に沈んだ背景の、床のうえに雛人形の首が転がっていた。

捜査本部では雛人形のことを重視していない。というより雛人形の首ひとつでは重視しようがないのだ。

どうしてそんなところに雛人形の首が転がっているのかは疑問だが、とりたてて特徴のあるものではなく、捜査の手がかりにはなりそうもない。

写真は科捜研の物理研究室に送られ、綿密に調べられているはずだが、これまでのところ捜査に役立ちそうな鑑定結果は出ていないようだ。

「大したことはありません。四、五日はしびれが残るかもしれませんが、それも消えるはずですよ。あまり治るのが遅いようだったらもう一度いらっしゃい――」

医師は治療を終え、志穂が雛人形のことを見つめているのに気がついて、

「孫のですよ。息子の嫁が体をこわしましてね。入院しているものだから、不精に片づけないままにしている。今日、片づけよう、明日、片づけよう、と思っているうちに、とうとう三月も終わってしまいそうだ。息子のやつも忙しがってばかりで雛人形を片づけるどころじゃない。どうも男というものはこういうことになるとからっきしですな」

人のよさそうな老医師だ。

人生の苦楽を深いしわに刻んだ、味のある顔をしていた。

「かわいいお雛さまですね。とってもいい顔をなさってる」

「そうですか――」

老医師は嬉しそうに笑い、

「初孫のお雛さまだというので、ジジ馬鹿を発揮して、わざわざ岩槻(いわつき)まで買いにいったんですよ。どこで買っても雛人形なんか同じなのにと息子に笑われましたがね」

「岩槻？」

「埼玉県の岩槻市ですよ。人形作りがさかんな町です。雛人形ばかりじゃなくて、御所人形や五月人形なんかも作っているんじゃないかな」

「………」

老医師の言葉が心に引っかかったのは、犯人が便箋がわりに使った細川紙が、やはり埼玉県小川町の産だからだろう。

偶然、と呼ぶほどのことでさえない。おなじ埼玉県に、雛人形を地場産業とする町があり、紙漉きの伝統をつたえる町がある、というただそれだけのことだ。

ただ、それだけのことだが……

志穂は囮捜査官としての短い経験から、捜査を進めるうえで、すこしでも気にかかることがあれば、決してそれを調べるのをなおざりにしてはならない、ということを学んでいた。

自宅のマンションに戻り、局番案内で番号を調べて、埼玉県小川町の町役場に電話を入れた。

役場の助役に電話に出てもらい、いろいろ細川紙のことを教えてもらった。

現在、細川紙の手漉き業者は、埼玉県から無形文化財保持者として認定されているということだが、これは逆にいえば、それだけ業者の数が減っているということだろう。

現在、細川紙の手漉き業者の数は十数名だという。

その業者の名前と電話番号をすべて教えてもらい、順に連絡を入れていった。

志穂が尋ねたいことはひとつ、岩槻市に細川紙を納入しているところはないか、ということだった。

六軒めにしてようやく、

「納入というほど大げさなものじゃないですけどね、岩槻の瓶清女（かめきよじょ）という女の人が定期的に細川紙を購入にいらっしゃいますよ。もう七十過ぎのお婆さんで、わざわざ来てもらうのは気の毒なので、電話をくだされはこちらから紙をお送りします、というんですけどね、職人かたぎというんですかね、ご自分の目で紙を確かめてお買いになられないと気がすまないとそうおっしゃるんですよ。これは人に聞いたんですけどね、なんでも岩槻のほうでは有名な人形作りのお婆さんだそうですよ――」

「かめきよじょというのは水を入れる瓶に、清い女、と書くんでしょうか」

「ええ、そうだと思います。なんなら岩槻のほうに直接、お聞きになられたらいかがですか。岩槻の人形作りで瓶清女さんのことを知らない人はいない、というから」

「瓶清女さんは細川紙を何にお使いになるんでしょう？」

「雛人形の衣装に使われるんだそうです。縫いあげた着物の裏打ちに使うんだとそうおっしゃってました。そうすると衣装の持ちがずいぶん違うんだそうです。まあ、細川紙は、戦争中にはゴムの代用品に使われたぐらい、強くて弾力のある紙ですから
――」

「岩槻では雛人形の裏地に細川紙を使うことが多いんでしょうか」

「いや、瓶清女さんおひとりの工夫じゃないですか。そういえば、このところお見えにならないけど、どうかなさったのかな」

「………」

「いってみれば雛人形の着物の裏地なんか誰も気にしない。そうでしょう。それなのに、あのお歳で、わざわざ小川町まで細川紙を買いにこられるんだから、その職人かたぎには頭が下がります。わたしどもも見習わなければと本気でそう思いますよ」

「お忙しいところをおじゃまして申し訳ありませんでした」

「こんなことでよかったですかな。なにかのお役にたちましたか」

「はい、ありがとうございました」

志穂は礼をいって電話を切った。

本棚から関東全域の地図を取りだして埼玉県のページを開いてみた。

岩槻市は埼玉県の東部に位置している。

東に春日部、越谷の両市に接し、南西は浦和市と大宮市に接している。

東京から行こうと思えば、大宮で東武野田線に乗り換えるか——

そうでなければ東北自動車道の岩槻インターチェンジで降りるのがいい。

首都高からは東北自動車道に接続することが可能なのだ。

「…………」

志穂は目を見ひらいた。

——逆、回り。

さっき、あれほど気にかかった言葉が、ふいに生々しい迫力をもって、頭のなかにのしかかってきた。

十二日月曜日の深夜——

犯人は、高速6号向島線、中央環状線、高速川口線と順にめぐって、高速5号池袋線の南池袋パーキング・エリアにたどり着いた……

捜査本部ではそう頭から信じ込んでいる。

しかし、ここに、いわば幾何でいう補助線のように、岩槻市に通じる東北自動車道を引いてみたらどうなるだろう？

東北自動車道から外環道をへて、高速5号池袋線の上りを走れば、そこに南池袋パーキング・エリアがあるのだ。

志穂はふと思いたって特被部の袴田に電話を入れてみた。

「あんたは謹慎中の身なんだぜ。気安く電話をかけてもらっちゃ困るんだけどな——」

袴田がヘラヘラと笑いながらそういうのをさえぎって、

「ねえ、レンタカーのカローラのことを聞きたいんだけど。あの営業所では車を客に貸すときにはいつも走行計をゼロにしているんだったよね？」

「ああ」

袴田の声が一転してまじめになった。

「それがどうかしたのか」

「南池袋パーキング・エリアに残されていたカローラの走行距離は何キロになっていたんだっけ？」

「さあ、調べればすぐにわかることだが。急いでいるのか」

「うん」

「わかった、ちょっと待ってな――」

袴田は電話口から離れたが、すぐに戻ってきた。

「八十キロぐらいだそうだ」

「八十キロ……」

志穂は地図を確かめた。

ちょうど東京の池袋付近から岩槻市を往復するぐらいの距離だ。

「それがどうかしたのか？　おい、何かわかったことでもあるのかよ」

袴田は性急にそう尋ねてきたが、志穂はほとんどその声を聞いてはいなかった。

――岩槻市に行かなければならない。

いま、志穂が考えているのはそのことだけだった。

3

三月二十七日火曜日……

北見志穂の姿は岩槻市にあった。

すこし張り切りすぎたようだ。

朝の八時に東武野田線の岩槻駅に着いてしまった。

市役所で瓶清女のことを聞くつもりなのだが、まだ市役所は開いていない。

いつになく早起きしたので眠いこともずいぶん眠い。

駅のベンチにすわって、市役所が開くまでの時間をどうやってつぶしたらいいか、そのことをぼんやりと考えた。

駅舎の壁に、岩槻市の由来を記した紙が貼られている。

それを見るとはなしに見ていた。

岩槻にはかつて岩槻城があった。

なんでも岩槻城は、室町時代中期・長禄元年に、太田道灌の父が築いたものとも、太田道灌が関八州の砦として築いたものともいわれているらしい。

要するに、この岩槻城が岩槻のいしずえになったということなのだろう。

ふいに眠気がとれた。

——太田道灌！

自分でも気がつかずに声をだして立ちあがったようだ。

駅のベンチにすわっている人たちがそんな志穂をあきれたように見ている。居眠りをして寝ぼけたのかとでも思ったかもしれない。

しかし、いまの志穂にはそんなことはどうでもいいことだった。

池袋のレンタカーでカローラを借りた男はどんな偽名を使ったのだったか。

太田道雄だ。

志穂はいても立ってもいられない気持ちに駆りたてられた。こんなところで悠長に時間をつぶしてはいられない。

とりあえずタクシーを拾って市役所に向かうことにした。

タクシー乗り場で待った。

そのタクシー乗り場の後ろ、駅を出たところに「人形供養」という行事のポスターが貼られてあった。

ポスターの説明書きによると、秋九月に、人形塚というところで、古くなった人形に火をいれて荼毘（だび）にふし、それを供養する行事が行われるらしい。

ポスターには、髪の毛の抜けた人形や、顔や手足のない人形、衣装のすりきれた人形などがうずたかく積みあげられている光景が印刷されていた。

志穂の目には、その人形たちが、殺された小室京子や、高野朋子、事故に巻き込まれて死んだ西尾圭子の姿にかさなって感じられたのだった。

白髪の男

1

意外なことだった。

瓶清女はすでに死んでいた。

それもほんの一週間ほどまえのことだという。

自宅の台所で倒れて死んでいるのをガスの検針員が発見した。

死因は心臓マヒ、死んだのはその前夜のことらしいが、瓶清女はひとり暮らしで、発見が遅れたという。

岩槻市役所には高齢福祉課という部署がある。

そこで瓶清女のことを尋ね、すでに死んでいることを教えられたのだ。

瓶清女は人形作りで有名な老女で、その死は高齢福祉課でも話題になったらしい。

「瓶清女さんには身寄りの方はいらっしゃらないのですか」

志穂は職員にそう尋ねた。

「息子さんがひとりいるんですけどね。東京に行ったっきりで戻ってこないらしい。連絡先がわからなくて困っているんですよ。とりあえず福祉課のほうでお世話して、ご遺体を荼毘にふし、お骨はお寺にあずかってもらいました。いつまでもそのままにはしておけないので、こちらで東京の息子さんの住所を調べたのですが、どうもはっきりしない」

「瓶清女さんは人形作りでは有名な方だとうかがいましたが」

「名人です――」

職員は複雑な表情になった。

「ただ時代の変化についていけなかった。いまはマンション暮らしの人が多いですからね。雛人形の段飾りもどうしてもコンパクトなものにならざるをえない。出生率が減って、人形の売れゆきがどんどん落ちている。瓶清女さんのように自分ひとりでコツコツと人形を作っているような悠長な時代じゃなくなったんですよ。そんなことをしていたのではとても採算がとれない。瓶清女さんも晩年はほとんど注文がなかったんじゃないかな」

「瓶清女さんはひとり暮らしだとおっしゃいましたが、どなたかお弟子さんのような方はいらっしゃらなかったのですか」

「いませんでした。まったくのひとり暮らしでした」

「淋しい話ですね」

「ええ、淋しい話です。瓶清女さんはご自分のことを職人じゃなくて芸術家だと自負なさっていたんですよ。当然、一体つくるのに、時間もかかる。それだけにご自分の人形には愛着をお持ちでしたね。モダンなお婆さんだったな。ご自分の人形には必ずアルファベットでサインを入れてましたね」

「…………」

志穂は唇を噛んだ。

細川紙と雛人形との関連から、瓶清女を訪ねて岩槻市までやってきたが、それが具体的に「首都高バラバラ死体殺人事件」とどんな関わりを持つのか、なにも根拠があるわけではない。

瓶清女から話を聞けば、何かわかることがあるのではないか？　漠然とそんな期待を持って、岩槻市まで足を運んできたのだ。

そのかんじんの瓶清女が死んだと聞かされたのでは、途方にくれざるをえない。

「瓶清女さんのお住まいを教えていただけないでしょうか」

「さっきもいったように瓶清女さんはひとり暮らしだった。家をお訪ねになってもどなたもいらっしゃいませんよ」

「ええ、わかっています。ただ、せっかく来たのですから、せめてお住まいだけでも見てみたいと思いまして……」

志穂は声に力をこめた。

瓶清女は「首都高バラバラ死体殺人事件」となんらかの関わりがあるはずだ。

根拠はないが、確信はある。

いや、それは確信と呼ぶにはあまりにあいまいで、むしろ本能的な第六感とでも呼んだほうがいいかもしれない。

が、いまの志穂にはその第六感を信じてつき進んでいく以外にないのだった。

2

瓶清女の住まいは岩槻市の南東にあるという。

待たせてあったタクシーに乗って、教えられた住所に向かった。

タクシーの運転手はまだ若く、志穂の美貌に興味を持ったらしく、あれこれと話しかけてきた。

以前は東京に住んでいたとかで、どうやら東京に比べて、岩槻がひらけていないのをけなすのがお気に入りの話題らしい。

「それでもさ。四、五年まえまでは国道16号沿いに外国人クラブなんかが何軒かあったんだぜ。タイとかフィリピンのホステスなんかがいてさ。だけど、こんな田舎だろ。ホステスたちがいつのまにかいなくなっちゃうんだってさ。そんなこんなで一軒つぶれ、二軒つぶれして、いつのまにかなくなっちまったんだ。カラオケならちょっといいところがあるぜ。あんた、カラオケ好き?」

いまの志穂には考えなければならないことが多い。運転手の饒舌はただわずらわしいばかりだった。

ろくに返事もせずにいると、そのうち運転手もむっつり黙り込んで、運転に専念するようになった。

このほうがいい。

瓶清女の家は小高い丘のふもとにひっそりと身を寄せるようにして建っていた。

まわりに人家はない。

家の敷地はかなりあるらしいが、べつだん塀のようなものはなく、まばらな雑木林につらなっていて、どこがその境界線なのかはっきりしない。

平坦な敷地は、なんの手入れもされていないらしく、ただ黒い地面がむきだしになって殺風景に拡がっているだけだ。

「ここで待ってて。すぐに戻るから」

そう頼んで、タクシーを降りたが、もう運転手は返事をしようともしなかった。

家に向かった。

瓦葺（かわらぶ）きの屋根が重くのしかかり、庇（ひさし）がついた引き戸の玄関があって、庭に面して縁側がある。

家の脇手には納屋があり、鍬（くわ）や鋤（すき）、ふるいなどの農作業具が雑然と放り込まれていた。

反対側にはがっしりとした昔ながらの大きな土蔵があった。

要するにかつては日本のどの地方にも見られた典型的な平屋だ。

ただ家はどこもかしこも雨戸で閉ざされていて、うららかな早春の日差しのなか、そこだけが暗い井戸のようにしんと沈み込んでいた。

家の裏手、丘陵の斜面につづく雑木林には、いたるところ桃の花が咲きほこっていて、その春めいた明るさがなおさら家を陰気なものに見せていた。

「…………」

志穂は家のまえにたたずんだ。

勢い込んで瓶清女の家までやって来たのはいいが、これからどうしたらいいのかがわからない。

連絡先が不明だという息子の住所がわかるかもしれない。そう思い、念のために郵便受けを覗いてみたが、宅配便の不在配達通知が一枚入っているだけで、ほかには郵便物は何もない。

——せめて家のなかを見ることができないかしら？

そう考えて、家の裏手にまわった。

窓はあったが、すりガラスで、なかを覗き込むことはできない。

──どうしよう？

志穂は途方にくれた。

途方にくれながら、いつしか雑木林のなかに踏み込んでいる。

頭上にあわあわと桃の花が拡がって、こんなに晴れているのに、なにか曇天をあおぎ見るような錯覚にとらわれる。

桃の花びらを透かして射し込んでいる陽光が、ほのかに赤く染まって、どこか血の色を連想させた。

靴の爪先が何かを撥ねあげた。

「…………」

撥ねたそれを目で追い──そして自分の顔がこわばるのを覚えた。

ハンカチを出し、それを拾いあげた。

歯、なのだ。

おそらく第一大臼歯か、第二大臼歯、その歯の根元がわずかに汚れているのは、これは血ではないのか。

うなじの毛が逆だつのを覚えた。

反射的にまわりを見わたした。

うららかな春の光のなかに桃の花が妖しいまでに咲きほこっている。

ただ、それだけの光景なのに、なにかそれが途方もなく恐ろしいものであるかのように思われるのだ。

顔から血の気が引いていた。

風が吹いた。

桃の花がさわさわと波うったが、そのとき志穂はたしかに雑木林を魔物がかすめたのを感じとっていた。

——桜の木の下には死体が埋まっている。

以前、読んだ小説のなかにそんなような一節があったのを思いだした。

そんな馬鹿な！　これは桜ではない。桃ではないか。しかし……

不吉な想像に凝然と立ちすくんでいる志穂の肩にはらはらと桃の花びらが舞った。

3

郵便受けにあった不在配達通知の住所をもとに宅配便の配送所に向かった。

国道16号線沿いにある。

中年の女性が応対してくれた。

不在配達通知の日付は三月になっている。

すでに瓶清女はそのときの荷物は受け取っているはずだ。郵便受けに不在配達通知が残っていたのは、たんに瓶清女がそれを片づけるのを忘れただけだろう。

「瓶清女さんにはよく宅配便の配達があったんですか」

「ええ、いつも東京の息子さんからでした。いつも保冷宅配便でしたね」

「保冷宅配便……」

「ええ、冷凍便です。うちではアイス宅配便と呼んでいるんですよ。全国五十カ所の中央ターミナルに大型保冷庫が設置されてましてね。仕分けや積み込みなんかもその保冷庫のなかでやるんですよ。それを冷凍庫と冷蔵庫を設置したトラックで配達するんです。チルドだったら零℃からマイナス五℃ぐらいですからね。お刺身だって新鮮なままで送れますよ」

「東京から瓶清女さんのもとに送られてきたアイス宅配便がどんなものだったか覚えていらっしゃいますか」

「さあ、いつも厳重に梱包(こんぽう)されてたから、中身まではわかりません。ビニール袋と油紙で何重にもくるんであって、それをガムテープでグルグル巻きに縛ってあるんですよ。送り状には生物と書かれてあったけど、中身まで調べるわけじゃないから。魚かなんかじゃないですか」

「…………」

おそらく、このとき志穂の顔は青ざめていたはずだ。受け付けの女性はそんな志穂をけげんそうに見つめていた。

この配送所では、間違いがないように、三カ月と期間をくぎって、すべての宅配便の送り主の名前と住所を記録に残しておくのだという。

瓶清女のもとには、今月の初めにもアイス宅配便が送られてきたというから、当然、その記録が残されているはずだ。

それを見せてくれないかと頼んだが、顧客のプライバシーに関することだからと、あっさり断られてしまった。

ここ埼玉県では、警視庁・科捜研に所属している志穂には、なんの権限もない。いずれ埼玉県警の協力をあおぐことになるだろうが、それまでは無理押しはひかえたほうがいいだろう。

志穂ははやる気持ちを抑えて配送所をあとにした。

ふたたびタクシーで市役所に戻った。

戸籍係に身分証明書を提示し、瓶清女の戸籍謄本を閲覧した。

瓶清女の本籍は岩槻市になっている。

夫とは早くに死に別れたらしい。

ひとり息子の名は、瓶厚志（かめあつし）、二十九歳——

ここで思いがけない幸運に恵まれた。

その戸籍係が瓶清女の息子と高校のときに同級だったというのだ。

いかにも地方公務員といった印象の、人のよさそうな人物だった。

やや軽率なところのある人物らしい。

「厚志はめったに帰ってこないなあ。東京の大学に行ってたころには、休みというと岩槻に帰ってきて、ぼくらと遊んだものだけど。ここ何年かは帰っていないんじゃないですか。けっこう、ぼくら仲がよくて、高校の同好会なんかでつるんでいたんだけど、まあ、社会人になっちゃうとなかなか学生時代のようなわけにはいかないからなあ」

「なんの同好会ですか」

「写真です」

「………」

「厚志はぼくらのなかじゃいちばん才能があった。どうということもない写真を撮っても、なんというか、するどいひらめきのようなものが感じられた。凄味があったな」

「そんなに才能があったんですか」

「お母さんが、ほら、人形作りの名人とうたわれた人でしょう。やっぱり、なんか血筋みたいなものがあるんじゃないですか。厚志もお母さんを意識してたんじゃないかな。自分で写真を現像して、気にいった作品にできあがると、アルファベットでサインを入れてたもんな。お母さんがやっぱりそうしてたというじゃないですか。厚志は自分の才能に絶対の自信を持っていた。ぼくらも厚志はプロになるって信じてたんですけどね――」

「だけどプロにはならなかった?」

「ならなかったんでしょう。そんな噂は聞かないですもんね。東京の大学に行ったのがそもそも失敗だったんじゃないですか。東京の水があわなかったんじゃないかな」

「どうしてそんなふうにお思いになるんですか」

「東京に行ったころからね、急に白髪が増えてきたんですよ。厚志がこちらに帰ってくるたびに、ぼくら驚いたもんですよ。二十一か二でもう髪が真っ白なんですからね。あれは遺伝もあるらしいけど、やっぱり東京で苦労したからなんじゃないかな」

「白髪の男……」

志穂は膝が小刻みに震えるのを覚えた。喉がからからに渇いていた。その渇いた喉をふり絞るようにして、

「瓶厚志さんの写真をお持ちでしたら貸していただけないでしょうか。コピーをとってすぐにお返ししますから――」

「厚志ひとりの写真はないけど。東京の大学が休みで帰省してきたとき、写真仲間たちで一緒に撮った写真ならあるんじゃないかな。そのころはもう高校の同好会じゃなくて、岩槻市の写真愛好家の集まりになっていたんですけどね」

「お借りできますか」

「いいですよ。家のどこかにしまってあるはずだから、帰ったら探してみますよ」

「お願いします。こちらから連絡させていただきますから――」

志穂は礼をいい、戸籍係のカウンターを離れようとした。

全身が痺れたようになっている。

もちろん鞭打ちのせいもあるだろうがそればかりではない。

市役所を出ようとして、ふと思いついたことがあった。

――瓶厚志？

自分でも馬鹿げていると思った。そんなことがあるはずがない。

しかし、どんなに馬鹿げて感じられようと、いったん思いついたことは確かめずにはいられない。

カウンターに戻って、男に聞いた。

「あのう、瓶厚志さんの写真のサインですけど、どんなサインだったんですか」

「………」

男はけげんそうな顔をしたが、胸ポケットからボールペンを取りだすと、カウンターのメモ用紙にそれを走らせた。

A・KAME

志穂はそれを見ているうちに今度こそガタガタと全身を震わせ始めた。人から不審に思われることはわかっていたが、どうにも震えを抑えることができなかった。

瓶厚志が「首都高バラバラ死体殺人事件」の真犯人だ。

そのことはもう間違いない。

その何よりの証拠に瓶厚志自身がそのことをはっきりと自分で告げているのだ。

「桃ねこ倶楽部」に送られてきた二枚のポルノ写真、そこに瓶厚志は自分のサインを残していた。

A・KAME――あかめ、赤目。

小室京子も、高野朋子もその目が真っ赤に写っていた。

あれだけの写真の技術を持った人間が被写体の目を赤く写してしまうような失敗を犯すはずがない。あれはやはり意図的にやったことであり、瓶厚志が自分の作品に残したサインであったのだ。

そう、瓶厚志が真犯人なのだ。

発掘

1

三月三十日、金曜日——

この日、午前八時より、警視庁から埼玉県警に協力が要請された、故・瓶清女の自宅敷地の発掘が開始された。

埼玉県警からは刑事部・捜査第一課、鑑識課が出動し、岩槻署を中心に、春日部署、越谷署からの応援も得て、総勢五十名の係官がこの発掘にかりだされた。

「首都高バラバラ死体殺人事件」捜査本部からは本庁捜査一課係長、井原主任、ほか四名の捜査員、所轄からも数名の捜査員が派遣されている。

東京地検から「本部事件係」の那矢検事、そのほか特被部から北見志穂、袴田刑事のふたりが派遣されていた。

なにか事件に関わりの深いものが発掘され次第、すぐさま「広域重要準指定○号事件」に指定されることになっている。

事件に関わりの深いもの、という表現で微妙に断定を避けているが、捜査本部が予想しているものは死体だった。

この日は風が強かった。

作業に従事する係官たちのうえに、桃の花びらが舞い、それが一種、異様な雰囲気をかもしだしていた。

瓶清女の家の裏は、雑木林につらなり、雑木林はそのままなだらかな斜面に拡がっている。

五十名の係官を動員してもこの全域を発掘することなどできそうにない。

そのために「検土杖（けんどじょう）」が使われた。

「検土杖」というのは、要するに先端を槍のように切断したパイプのことで、それを地面に突き刺し、地中に埋められた腐乱死体のにおいを嗅ぎわけようというものだ。

数十人の係官が一メートル間隔に並んで、指揮官の号令のもと一斉にスタートし、「検土杖」を地面に刺しては抜くのをくりかえしながら、ゆっくりと進んでいった。

「………」

志穂はそれを息もつまる思いで見つめている。

すでに岩槻署の捜査員が捜索・差押えの令状をとって、瓶清女の自宅を徹底的に捜索している。

その結果、瓶厚志の私物が押収され、そこから採取された指紋が、「桃ねこ倶楽部」に送られた手紙の指紋と一致することが確認された。

また、瓶厚志の高校時代の作文も押収されて、筆跡鑑定の結果、それも手紙の筆跡と一致することが確認されている。

写真も何枚か押収したが、いずれも子供時代か、せいぜい高校時代の写真で、これはあまり役に立ちそうになかった。

現に、捜査本部の捜査員がその写真をレンタカーの営業所員に見せたのだが、はかばかしい返事は得られなかった。

が――

なにより捜査員たちを奮いたたせたのは、土蔵のなかからサディスティックな淫具がおびただしく発見されたことである。

ラバーのバンデージ、バイブレーター、手錠、卑猥な催淫剤、鎖の責め具……

埼玉県警の連絡を受け、「首都高バラバラ死体殺人事件」の捜査本部は瓶厚志を真犯人(ホンボシ)と断定した。

捜査本部を震撼させたのは瓶厚志から母親にむけて数多くの保冷宅配便が送られているというそのことだった。

ひとり暮らしだった瓶清女は家庭用のごく小さな冷蔵庫しか持っていなかった。それだけ多くの冷蔵を要するものがどこに保管されたのか？　いや、ひとり暮らしの老女がほんとうにそれだけの生物(なまもの)を必要としたのか。

その疑問と、志穂が瓶清女の敷地から見つけた第二大臼歯とを重ねあわせて考えれば、ある戦慄すべき想像が浮かんでくる。

そのことから、捜査本部が埼玉県警に協力を要請し、瓶清女の敷地の発掘を依頼するのは、当然の帰結だったのだ。

ただ、「桃ねこ倶楽部」に送られた写真の女たちの目が赤いのと、瓶厚志のサインA・KAMEとが一致するという見解は、必ずしも担当検事を納得させることはできなかったようだ。

そのことに関して被疑者の供述が得られるのならともかく、非供述証拠としては、あまりに説得力にとぼしいというのだ。

志穂は不満だったが、

「あんたの推理はまちがっていないよ。検事だってそう思ってるさ。ただ、たしかに裁判長は〝赤目〟を証拠として採用しないだろうさ。あまりに突飛だからな。検事としてはやむをえない判断なんだよ——」

袴田がそういってくれたのがわずかに慰めになった。

あらかじめ予想されたことではあったが、瓶厚志が宅配便の送り状に残した住所、電話番号は、すべてでたらめだった。

ただ、大学を卒業して二年ばかり、とあるカメラマンのスタジオにアシスタントとして勤めていたことがわかり、捜査員たちがそれこそ地を這うようにしてその後の足どりを追っている。

まだ、その段階ではないが、どうしても足どりがつかめない場合は、公開捜査という方法もあり、いずれ瓶厚志を検挙することができるはずだった。

宅配便の配送所に残された記録によれば、瓶厚志が母親に保冷宅配便を送った最後の日付は、三月十四日となっている。

小室京子のバラバラ遺体が発見された翌日のことになる。

それも厳重に梱包されたものを七個、母親のもとに送っている。それぞれの荷物はかなり大きく重かったようだ。

母親の瓶清女が死亡したのは三月十九日と思われる、つまり息子からの保冷宅配便を受け取って数日後に息を引きとっているわけだ。

そのまえは三月十日に、やはり瓶厚志は母親のもとに保冷宅配便を送っている。

それ以前の記録が配送所に残っていないところを見ると、今年に入って瓶清女に送られている保冷宅配便はそれだけなのだろう。

記録が消去された以上、宅配トラックの運転手の記録に頼るしかないのだが、瓶清女のもとに届けられる保冷宅配便は半年に一度ぐらいの回数だったという。

それが今年の三月になって、急に保冷宅配便の頻度が増え、どうしてひとり暮らしのお婆さんのもとにこんなに生物(なまもの)が送られてくるのか、運転手もそのことを不審に思っていたという。

――たやすく獲物を見つけられるようになったからだ。

志穂はそう考えている。

おそらく、この三月に、なんらかのきっかけで瓶厚志は首都高売春のことを知ったのではないか。

首都高売春でアルバイトをする女の子たちはその日の自分の足どりを自分から消している。自分から好んでひとりの匿名の女となるのだ。匿名の女が地上から消えたところですぐさまそれが事件と関連して取り沙汰されることはない。よしんば身内が騒ぎだすことがあっても、女の子が失踪してからかなりの時間が経過しているはずだ。

つまり猟師が絶好の猟場を嗅ぎつけたわけなのだ。

もっとも瓶厚志が首都高売春で拾ったふたりの女、小室京子と高野朋子の遺体はすでに首都高で発見されている。

志穂も、そして捜査本部の捜査員たちも、ここからはふたりの救急隊員の死体が発見されるのではないかと、それを予想しているのだった。

十時二十分――

最初の遺体が発掘された。

2

まず胴体が見つかった。

つづいて腕、足、それに頭部が発見された。

いずれもポリエチレンのゴミ袋に入れられ、洗濯用ビニール・ロープで縛られていた。

深さはおよそ六十センチ――

鑑識課員がまず埋められている状況を写真に撮り、それから土が取り除かれる。

取り除かれた土は丹念にふるいにかけられる。

そのあとでようやく死体が地中から引きあげられる。

そして埼玉県警の検視官が死体の臨場にあたる。

すでに死体は腐乱していた。

「被害者は男性、推定年齢二十代後半から三十代前半、左頸部に鋭利な刃物による切創、創口七センチ、創底まで四センチ。死亡経過推定時刻十五日から十七日……」

検視官、正確には「刑事部鑑識課・調査官」の警部は淡々と検視をつづけている。

井原がハンカチで鼻を押さえて検視官の肩ごしに死体を覗き込んだ。

「救急隊員だ――」

くぐもった声でいった。

「かわいそうに、殺されてこんなところに埋められていたんだ」

「瓶厚志は救急車で隊員を殺した。多分、もうひとりも死んでいますね」

それを受けて、べつの捜査員がいった。

「瓶厚志は首都高の護国寺入口でバックで救急車を下ろし、いったん死体を駐車場に隠した。そして、そのあとで死体を回収し、それをバラバラに切断したのちに、アイス宅配便で母親のもとに送りつけた――」

「七十四になる母親は子供かわいさに宅配便で送られてきた遺体をせっせと地面に埋めたわけだ。なんてこった。こんなとんでもない話があっていいものか」

さすがに井原の声は震えていた。

「護国寺のゲート係員はなんていってるんだ？　瓶厚志が救急車から遺体を降ろすのを見ているのかね？」

と、これは袴田が尋ねる。

井原は酸っぱいような顔で、いや、と首を振って、

「死体を降ろしたのなんか知らないとそういっている。嘘じゃないだろう。自分が首都高売春に加担しているのを知られるのが恐ろしくて、とっさに救急車なんか下りてこなかったと嘘をついてしまったんだ。とにかく警察と関わりあいになりたくない一念だったんだろうが、いくらなんでも死体を見ていれば、そんな嘘はつかなかったろうよ」

そのとき、もう一体、バラバラ死体が発見されたという報告の声が聞こえてきた。

これもやはり男性で、最初の死体とおなじように頸部に鋭利な刃物でかき切られた痕が残っていた。

もうひとりの救急隊員だろう。

「やれやれ」

検視官が立ちあがって、そちらの遺体に向かおうとしたとき——

「遺体発見しました！」

また、係官のそう叫ぶ声が聞こえてきたのだ。

「なんだって、どういうことなんだ」

井原は面食らって、袴田の顔を見た。

「だれの死体が見つかったというんだ？」

「………」

袴田もただ首を振るばかりだ。

捜査員たちはその未知の死体に向かって一斉に移動しようとした。

が、捜査員たちにそのゆとりは与えられなかった。

「遺体発見！」

「ここにも埋まっています」

「腐乱死体、見つかりました！」

「こちらにもありました」

あちこちからやつぎばやにそう報告の声があがり、現場は大混乱におちいったのだ。

捜査員のだれもが信じられず、また予想もしていないことだった。

結局、現場からは、ふたりの救急隊員以外に計五名の遺体が発見されたのだ。

ほかの遺体はすべて女性で、うち二体が四肢を切断され、残り三体は四肢を切断されてこそいないものの一体は屍蠟化し、二体は完全に白骨化していた。

現場が大混乱におちいるのは当然だ。

瓶清女の敷地からはじつに七名もの死体が発見されたことになる。

ここに日本犯罪史上、まれにみる大量殺人が発覚したのだった。

「どういうことなんだ？　なんでこんなにゾロゾロと死体が出てくるんだよ——」

井原はほとんど発狂寸前の表情になっていた。

「この女たちは何者なんだ？」

「知らねえ、知らねえ——」

したたかで、狡っからく、どんなことにもおよそ動じるということがない袴田も、さすがに今回ばかりは蒼白になって立ちすくんでいた。

「…………」

あまりの凄惨さに志穂も思考力がマヒしてしまっていた。下腹部がゆるんで、いまにも失禁しそうだ。どうかするとその場にヘタヘタとすわり込んでしまいそうになる。しかし、それにかろうじて耐えながら、ヨロヨロと井原のもとに近づいて、

「わたし、知ってると思う……」

そう声をかけた。

「…………」

井原、袴田、それにほかの捜査員たちが一斉に志穂に目を向けた。

だれの顔もチョークのように白く粉をふいていた。

「銀座では姿を消してしまうホステスが何人もいると聞いたわ。この人たちは銀座のホステスたちじゃないかしら。きっと首都高売春のアルバイトをしていた人たちよ。それで瓶厚志に連れ去られて殺された……」

「五人もか？　五人とも銀座のホステスだとそういうのか」

井原の声はほとんど噛みつくようだった。

「そうじゃないわ。瓶厚志が殺した女をバラバラにするのはアイス宅配便で母親のも

とに送る必要があったからでしょ？　母親にそれを埋めてもらう必要があった。バラバラにされていない死体はアイス宅配便で送る必要がなかったということなのよ。つまり瓶厚志は東京に出るまえか、それとも東京から帰省したときか、ここ岩槻でも女たちを殺しているのよ――」

「………」

「以前、国道16号線沿いに外国人ホステスのクラブが何軒かあったと聞いたわ。だけど外国人ホステスがいつのまにか姿を消してしまうんで、クラブもつぶれてしまったんですって――」

「すると……この死体は……」

井原は血走った目を現場に向けた。

そのとき――

「主任、係長！」

ほとんど悲鳴のような声が聞こえてきたのだ。

捜査一課六係のなかでもいつも冷静なことで知られている捜査員だ。

それが怯えたイヌがキャンキャンと吠えるような声でこう叫んでいた。

「係長、主任、大変です。早く、早くこちらに来てください！」

3

また新たな遺体が発見された。

バラバラに切断され、ポリ袋につめ込まれて、洗濯用ビニール・ロープでくくられていた。

ということは、これは東京で殺され、アイス宅配便で瓶清女のもとに送られてきた遺体だということだ。

男の遺体だ。

「…………」

捜査員のだれもがその遺体を凝視したまましんと凍りついていた。

その体にははらはらと桃の花びらが降りかかる。

夢のようだ。いや、悪夢のようだ。

「おれはもういやだ。こんなのは嘘だ。こんなのはもういやだよ――」

捜査員のひとりがそう泣きだしそうな声をあげた。

だれもがその捜査員とおなじ心境になっているはずだ。こんなのはもういい、いやなのだ。

しかし、どんなにいやであっても、目のまえに突きつけられた現実を否定することはできない。

その遺体の頭部にはふさふさと白髪が波うっていた。

白髪の男――

ここに死んでいるのは瓶厚志なのだ。

それまでそこに立っていた地盤が一気に崩れ去ったような衝撃だ。だれもがその衝撃に呆然と立ちつくしていた。

紆余曲折をへて、ようやく到達したはずの真犯人が、どうしてこんなところで死んで埋められているのか。こんな不条理なことがあっていいものか。

もう頼るべきものは何もない。

これから、なにを信じて捜査を進めていけばいいのだろう？

「…………」

志穂がフラフラと現場を離れた。

家の正面にまわり、納屋のかげにうずくまった。

そしてひっそりと声もなく吐いた。

ひとしきり吐いたのち、手の甲で口をぬぐって、立ちあがった。

納屋のかげから出て、ぼんやりと生気のない目で、現場に集まっているヤジ馬たちを見た。

もちろん瓶清女の家の敷地は警察によって封鎖されている。

ロープを張りめぐらし、そのロープの外で警官が何人か立ちはだかっていた。

志穂はそのロープの外に出た。

ヤジ馬たちをかきわけるようにし、よろよろと歩いていった。

新鮮な空気を吸いたい。

ここ以外の場所ならどこでもいい。

死臭と、甘ったるい桃の花の香りに毒されていない空気が欲しい。

ヤジ馬のなかから志穂を呼ぶ声が聞こえてきた。

市役所のあの戸籍係だ。

「どうしたんですか、この騒ぎは。何かあったんですか?」

戸籍係は眉をひそめていた。

「…………」

志穂はあいまいに笑った。

彼女自身にもここで何があったのかよくわかっていないのだ。

「岩槻署に問い合わせたんですが、あなたがこちらのほうにいらっしゃるとうかがったものですから――」

「…………」

「遅くなって申し訳ありませんでした。瓶厚志の写真、ようやく見つかったもんですからお渡ししようと思って――」

「…………」

志穂は礼の言葉も忘れて、ただ無感動に写真を受け取った。

瓶厚志はもう死んでいるのだ。いまさらその写真を渡されたところで何がどうなるものでもない。

写真に視線を落とした。

何人かの男たちが二列にならんで写真に写っていた。みんな嬉しそうに笑っている。前列の男たちは姿勢を低くし、後列の男たちはたがいに肩を組んでいた。

真ん中に立って、ひときわ目を引くのが瓶厚志だろう。まだ若いのに、その髪がほとんど白くなっていた。

しかし、志穂の視線は、瓶厚志をかすめて、前列で笑っている少年のうえに釘付けになった。

学生服を着ているから、まだ高校生なのだろう。グループのなかでも最年少なのではないか。目を細めて、すこしはにかんだように笑っている。

正岡則男だった。

憑依

1

四月二日、月曜日——

すでに陽は落ち、街にはきらめく灯がともされたが、ぼんやりと物思いに誘われるような春の宵(よい)の気分が、たゆたうように尾を引いて残っていた。

二十八階、眼下に銀座の夜景をのぞんで、そのホテルのバーはある。

暗く、静かで、心地いいバーだ。

このところ、連日、テレビや新聞で「岩槻市大量殺人事件」に関連するニュースが報じられ、なにかと世情は騒然としているが、このバーまではその騒音も達しない。

カウンターに若い男女が肩をならべて座り、顔を寄せあうようにして、ひそひそと話をしている。

「ああ、やだなあ、行きたくないなあ」

「やめればいいさ」

「ホント、やめてもいいの？」

「うん、やめてもらいたいと思ってる。だけど、やめるならきちんとやめるべきだ。無断でお店を休んで、そのままズルズルと退職するというのはよくない」

「わかってるわ。則男さんは銀行マンだもんね。きちんとしてるもんね」

「今日はお店に行ったほうがいい。もうすこしの辛抱だ。これからはいやでもずっと一緒にいられるようになるじゃないか」

「則男さんがそういうなら、わたし、行く。でも誤解しないでね」

「なにを？」

「わたし、ほんとは銀座のホステスなんか性にあわないのよ。好きでやってる仕事だなんて思わないでね。わたし、ほんとは古風で家庭的な女なの」

「そんなことはわかってるよ。きみのことはみんなわかってるつもりだ」

「わたし、則男さんに誤解されるんだったら死んだほうがましだわ」

「誤解なんかしないさ」

「そうだといいけど」

「お店の人には誰にもぼくのことはいってないよね。銀行というところは偏見が強い職場だからね。いま、ぼくがきみとこんな関係になっているのがわかるとまずい。近いうちに必ずきちんとする。もうすこしの辛抱だから、だれにもいわずに黙っていてほしい」

「わかってるわ。わたし、則男さんに迷惑はかけない。もうすこしの辛抱だもんね。わたし、早くみんなに則男さんのことを自慢したい。わたしにはこんな素敵な恋人がいるんだっていいふらしたい」

「もうすこしだよ。もうすこしの辛抱だ」

男――正岡則男はうなずいて、目に見えない誰かと乾杯をかわすように、ウイスキーのグラスをわずかにかかげた。

ふたりは仲良く肩をならべてバーを出ていった。

奥のボックス席でスッとひとりの男が立ちあがった。

目つきのするどい男だ。

ふたりのあとを追って、急ぎ足でバーを出ていった。

おなじボックス席から今度はひとりの女が立ちあがる。

北見志穂だった。

志穂はカウンターに行って、バーテンに警察手帳を見せた。

そして正岡がキープしているジョニーウォーカーの黒を見せてもらう。

志穂の顔が激しくゆがんだ。

ジョニーウォーカーのラベルにはA・KAMEとサインされていた。

2

翌日午前八時……

所轄署で「首都高バラバラ死体殺人事件」の捜査会議が始まった。

徹夜で聞き込みをつづけていた捜査員たちが続々と署に帰ってきた。

だれもが疲れた表情になっている。が、みな一様に、何かに憑かれたようにその目をぎらぎらと光らせていた。

捜査員のひとりが立ちあがり、メモを見ながら報告を始めた。

「事件当夜、小室京子を乗せたタクシーの運転手からとうとう供述がとれました。医者はまだ無理だといったのですが、病室にねじ込んで供述をとったのです。あの夜は、銀座で小室京子を乗せて、首都高に乗り、湾岸線から大黒パーキング・エリアに向かったということです。あの夜、小室京子は首都高売春のアルバイトはしていないようです。小室京子が大黒パーキング・エリアに下りたのは九時ちょっと前ぐらいの時間だったと運転手は記憶しています――」

捜査員の徹夜あけの顔に脂が浮かんでいる。その顔をときおり掌で撫でおろしながら、淡々と報告をつづけている。

「さいわい、大黒パーキング・エリアのレストランでは伝票をすべて保存しています。それで事情を話し、十二日夜九時すぎからの伝票をすべて預かって、警察庁鑑識課の指紋自動識別システム（FIS）にかけたところ、うち一枚の伝票から小室京子の指紋がとれました。その伝票の注文をレジの記録と照合し、小室京子がレストランを出た時刻を割りだすことができました。小室京子は夜の十二時ごろにレストランを出ているのです」

「夜の十二時ごろ……」

捜査会議の席がざわめいた。

「これは小室京子を乗せたタクシー運転手の勘にすぎないのですが、被害者は大黒パーキング・エリアで男と待ちあわせをしていたのではないかということです。タクシーの運転手を長くやっていると、何とはなしにそんな勘が働くものらしい。小室京子が浮気、というか多情な女性であったことは『まりも』のチーママの証言にもあるとおりです」

「…………」

「大黒パーキング・エリアの近くには何軒もラブ・ホテルがあります。それでわれわれは、小室京子は九時ごろに大黒パーキング・エリアで男と待ちあわせをし、どこかのラブ・ホテルにしけ込んだのではないかと考えました。御存知のようにラブ・ホテルの従業員は客と顔をあわせないところが多いし、客が部屋を使ったあとには、すぐにシーツを取り替え、ゴミを始末します。そんなことで目撃証言を取るのがむずかしく、指紋の採取もまず不可能なために、ラブ・ホテルを特定することができずにいます。したがって、被害者が九時から十二時ごろまでラブ・ホテルにいたのではないか、ということはまだ推測にとどまっているとお考えください——」

「相手の男はわからないのか」

所轄の刑事課長がそう尋ねた。

「はい、それもまだわかりません。被害者は銀座がはねたあと、六本木のクラブなんかによく出入りしていたということですから、おそらくそんな関係の男ではないか、と思われます。どちらにしろこの男は事件そのものとは無関係といっていいと思います」

捜査員が腰をおろすのと入れ替わりのように井原が立ちあがり、

「ここで小室京子の死亡推定時刻を思いだしてもらいたい。解剖鑑定では小室京子の死亡推定時刻は十二日七時ごろから十三日未明五時ごろまでとなっていた。いまの報告で小室京子が十二時過ぎまで生存していたことがはっきりわかった。ここで留意してもらいたいことがふたつある——」

「………」

井原の顔がわずかに紅潮していた。

「ひとつはわれわれの最初の推測が根本から覆されたということだ。犯人が小室京子を殺し、死体をバラバラに切断して、それを首都高に捨ててまわり、その結果、二時に南池袋パーキング・エリアで事故に巻き込まれるなどということはありえない。そんなことは時間的に絶対に不可能なことだ。十二時すぎまで小室京子は生きていた。それからわずか二時間のうちに、小室京子を殺し、遺体を切断し、それを首都高に捨ててまわるなどということができるはずがない——」

「高速6号向島線の左腕にはじまり、中央環状線の首、高速川口線の胴体、高速5号池袋線の左足、そして南池袋パーキング・エリアの右足……一見して、順を追って遺体が捨てられているように思えるし、しかも南池袋パーキング・エリアで女の右足が発見され、救急車で搬送されていることから、われわれはこれをすべて小室京子の遺体だと信じ込んでしまった。しかし、南池袋パーキング・エリアの事故で、負傷した瓶厚志とともに救急車に収容されたのは、小室京子の右足ではなかった。おそらくそれは高野朋子の右足だったと思われる。犯人は小室京子を殺し、バラバラにした遺体を順に首都高に捨ててまわって、右足を残し、南池袋パーキング・エリアの事故に巻き込まれたのではない。南池袋パーキング・エリアで瓶厚志が持っていたのは高野朋子の右足なのだ」

「…………」

捜査会議の席を声にならないどよめきが走った。

が、いまはだれも井原に質問しようとする者はいない。だれもが固唾（かたず）をのむようにしてしんと井原を注視している。

「すなわち南池袋パーキング・エリアの事故のあとで、小室京子は殺されて、遺体を切断され、首都高に捨てられたのだ。事故のまえにすでに殺されていたのではない。どこまで犯人が意識してやったことなのか、小室京子の右腕と右足を首都高に捨てなかったことが、われわれの捜査を攪乱させることになった。小室京子の右足が発見されなかったのは、事故のときに救急車に収容されたからだとわれわれはそう信じた。また右腕を捨てなかったために、その後、高野朋子のバラバラ死体が、右足だけを残し、発見されたこともわれわれはそれほど不審には思わなかった。この犯人は、小室京子のときには右腕を、高野朋子のときには右足を、それぞれ自分の手元に記念として残しておいたのだ、とそう信じ込んでしまった。小室京子の右腕はともかく、高野朋子の右足を捨てなかったのは記念でもなんでもない。事実は、高野朋子の右足は南池袋パーキング・エリアの事故で焼けただれ、犯人はそれを捨てようにも捨てられなかった、ということでしかないのだ。焼けただれた右足を捨てれば、南池袋で救急車に収容された右足が小室京子のものではなく、高野朋子のものだということがわかってしまうからだ——」

「…………」

「これはわれわれの重大な錯誤だ。犯人は首都高を順を追って、小室京子の遺体を捨ててまわり、二時の南池袋パーキング・エリアの事故に巻き込まれた……そう頭から信じ込んでしまったために、被疑者の二時以前のアリバイを重視する失敗を犯してしまった。小室京子の死亡推定時刻をくりあげて考えてしまったのだ。実際には、われわれが重視しなければならなかったのは、二時以降のアリバイだったのだ――」

「すると瓶厚志はあんな時間に南池袋パーキング・エリアで何をしていたんだ？ たしかにあの時刻、西尾圭子がパーキング・エリアで首都高売春のアルバイトをしていた。しかし、それにしても、殺した女の右足をかかえて、瓶厚志がのんきにそれを見物していたというのはおかしくないか」

と、これは「本部事件係」の那矢検事が尋ねた。

ああ、と井原がうなずいて、

「そのことに関してはべつの人間から説明したほうがいいようです」

チラリと志穂のほうを見た。

志穂はうなずいて、立ちあがると、

「瓶厚志は東京の大学に行き、故郷の岩槻に帰省する大学生のころからすでに淫楽殺人をくりかえしていました。おそらく七、八年まえ、二十一、二歳のころから、岩槻市周辺のクラブで働いている外国人ホステスをターゲットにし、淫楽殺人を実行していたものと思われます。お断りしておきますが、このころのことは犯罪そのものが風化しているうえに、かんじんの瓶厚志が死んでいるために、すべては推測の域を出ません。そのことを承知しておいてください。外国人ホステスのなかにはときに売春まがいの行為をする者もいたでしょう。瓶厚志のような人間にとっては非常に狙いやすいターゲットだったのではないでしょうか。外国人ホステスは店から店への移動が激しく、雇い主に何もいわずに、いきなり姿を消してしまうこともめずらしくありません。よしんば瓶厚志に殺され、母親の土地に埋められても、犯罪があったことそれ自体に、気がつく人間がいなかったものと思われます——」

そこで息をついてから、

「瓶厚志は大学を卒業したのち、東京の写真スタジオに就職したのですが、二年ばかりでそこを辞めています。そのあと数年はどこで何をしていたのか不明です。外国で暮らしていたという情報もありますが、まだ確認がとれていません。いずれにしろ瓶厚志は三月はじめに首都高売春のことを知ったものと思われます。小室京子が正岡則男に、凄いものを見た、と洩らした時期とほぼ一致していることにご注意ください。これは推測ですが、おそらく瓶厚志は正岡則男を通じて首都高売春のことを知ったのではないでしょうか」

「…………」

「瓶厚志は首都高売春のことを知って、自分の異常な性癖を抑えきれなくなった。淫楽殺人の欲望に耐えられなくなった。これには首都高売春のアルバイトをしているホステスたちがターゲットとするのに非常に好都合だったからという事情もあります。アルバイトをしているホステスたちは首都高に乗ってからの足どりは自分たちで意識して消してしまっている。それに、さきの外国人ホステスたちと同じように、銀座のホステスたちも移動が激しくて、ふいに姿を消しても誰もそのことを不審に思わない。身内が騒ぎだすころにはもう失踪そのものが風化してしまっているわけです——」

「それにアイス宅配便などという便利なものが普及していることもあるしな」

一課係長が苦々しげにつぶやいた。

それもあります、と志穂は沈痛な表情でうなずいて、

「発掘された死体からもわかるように、数年まえ、外国人ホステス相手に淫楽殺人を行っていたときには、瓶厚志は死体をバラバラになどしていません。銀座ホステスたちにかぎって死体を切断しているのは、そうしなければそれをアイス宅配便で母親に送ることができないからです。瓶厚志は自分の殺した女たちをアイス宅配便でせっせと母親のもとに送り、母親は母親でそれを片っ端から敷地に埋めていたということになります——」

「…………」

会議の席にしんと重苦しい沈黙がみなぎった。話の内容のあまりの陰惨さが捜査員

たちから言葉を奪っていた。

「どうやら母親は送られてきたアイス宅配便をポリ袋から出さずにそのまま埋めていたようです。つまり息子が自分のもとに何を送ってきたのか、それを見ようともしなかったらしい。これは逆にいえば瓶清女は息子の犯行をすべて知っていたということになるでしょう。息子が連続殺人の犯人だということを知りながら、いわれるままにアイス宅配便を地中に埋めて、犯行の隠蔽に加担していたのです――」

母性愛か、と誰かがそうつぶやくのを受けて、

「そうです。ゆがんだ母性愛です」

志穂がうなずいた。

「皮肉な話ですな――」

捜査員のひとりがやりきれないといった口調でいった。

「母親はポリ袋の中身も確かめず子供にいわれるままにそれを地中に埋めていた。その母性愛がわざわいして、最後に埋めたのが自分の息子のバラバラ死体だったことにも気がつかなかったわけですからな」

「十二日深夜、瓶厚志は首都高をめぐって、遺体を捨ててまわり、南池袋パーキング・エリアでいったん休憩した……わたしたちはそう考えましたが、じつはあの日、

瓶厚志は岩槻市からの帰りだったのです。岩槻市に行き、東北自動車道に乗って、外環自動車道をたどって、首都高の5号池袋線に入った。南池袋パーキング・エリアで下りたのは、首都高売春を見てみよう、と考えたからでしょう。もしかしたら次の犠牲者を物色するつもりもあったのかもしれません」

「十二日、岩槻市で瓶厚志の姿が目撃されています。埼玉県警からそのことで連絡がありました――」

と井原主任が補足した。

「どうして瓶厚志は岩槻市なんかに行ったんだろう？　最近はほとんど帰省していなかったというじゃないですか」

捜査員のひとりがつぶやいた。

「南池袋パーキング・エリアで瓶厚志が持っていたのが、高野朋子の右足だったということを思い出して下さい。十二日の時点で、すでに高野朋子は殺され、バラバラに切断されていたのです。つまり瓶厚志が岩槻市に行ったのは、高野朋子の死体を母親の土地に埋めるためだったのです。右足一本を持ち帰ったのは、それこそ記念にするためだったんでしょう」

志穂がそういうと、その捜査員はますますけげんそうな表情になり、

「だから、どうして高野朋子にかぎって自分で死体を埋めなければならなかったのか、それがわからない。どうしてアイス宅配便を使わなかったんだろう?」

「かんたんなことです。わたしも十二日の夜に故郷に宅配便を送ろうとしてそれができませんでした。もっと早くにそのことを思いだすべきでした。三月十二日をはさんで前後数日間、アイス宅配便をやっている会社では、従業員たちが待遇改善をうったえてストを行っていたのです。瓶厚志はアイス宅配便を使おうにもそれができなかった。かといって、ほかの宅配便を使うのもなんとなく不安だったんでしょう。それでやむをえず自分でバラバラ死体を岩槻市まで運んでいく気になったのではないかと思います。瓶厚志がレンタカーを借りたのはそのためだったのです」

3

井原が咳払いをし、

「さっき留意してもらいたいことがふたつある、とおれはそういった。ひとつは瓶厚志がバラバラ死体を捨ててまわっているうちに南池袋パーキング・エリアで事故に巻き込まれてしまったのだという固定観念を捨ててもらうことだ。もうひとつは十二日の深夜零時過ぎに、正岡則男がコンビニで肉ジャガ弁当を買ったからといって、それは何の証明にもならないということだ。零時過ぎには小室京子は大黒パーキング・エリアにいて、まだ生きていた。われわれの推定では、小室京子が殺されたのは、南池袋パーキング・エリアで事故のあったあと、前後の時間関係からいって、鑑定解剖の死亡推定時刻ぎりぎり、明け方五時ごろだったと思われる。そのあとで遺体はバラバラに切断され、首都高で捨てられた……」

「マンションの隣りの女が深夜二時半ごろ電話のベルの音を聞いている。その電話に正岡は出ていない。正岡にはアリバイがないことになる——」

一課の捜査員がうめくようにそういい、志穂を凄い目つきで睨んだ。

「あんたがあのとき余計なことをしなければ正岡を送検できたんだ。あんたが捜査を混乱させたんだ」

「…………」

志穂は身をすくめてうなだれた。

「いや、そいつは違うんじゃないか」

ふいに会議室の隅から大きな声が聞こえてきた。

捜査員の視線が一斉に声のしたほうに注がれた。

袴田だ。

が、それにつづいて話したときには、もう袴田の声はいつものようにボソボソと低くなっていた。

「あのまま正岡を送検していたら逆に大変なことになってたんじゃないですか。あのとき正岡が被疑者と見なされたのは、たんに正岡と小室京子との仲がぎくしゃくしていたらしいということ、正岡にアリバイがなかったこと、それだけでしょう？　わたしにいわせれば、それで検察官が起訴したかどうか疑問ですね。よしんば起訴したとしても、たった一晩で北見捜査官が覆したようなおそまつな捜査ですからね、いずれ弁護士が法廷でひっくり返すことになる。そうなればもう正岡をおなじ容疑で起訴することはできない。そんなことになればそれこそ大変だった。北見捜査官のやったことはあれはあれでよかったんじゃないですか」

「…………」

志穂は感謝の意をこめて袴田を見た。

しかし、袴田は不機嫌そうにそっぽを向いている。

これだから中年男は始末におえない。いや、中年男が、ではなく、袴田という男が始末におえないというべきか。人に素直に好意を示そうとしないし、人の感謝を素直に受け入れようともしない。素直にふるまうのを何かやましいことでもあるように感じているらしいのだ。

捜査員たちは一様にしゅんとした表情になった。

袴田の指摘はまちがってはいない。

あのときの本部の捜査はあまりにずさんに過ぎた。たしかにあれでは検事が起訴を決めたかどうか疑問だ。

志穂は失敗を犯したが、それは取り返しのつかない失敗ではなかった。

若い捜査員が立ちあがると、手帳をくりながら、きびきびとした口調で、

「正岡則男は父親の仕事の関係で子供のころから日本各地を転々としています。岩槻市には十六歳のときに一年ほど暮らしています。瓶厚志とは写真という共通の趣味があり、岩槻市の写真同好会で知りあったものと推測されます。瓶厚志はこのころ大学生で休みのたびに岩槻市に帰省していたらしい。ふたりの共通の知人から、大学生と高校生で、年齢はちがうが、かなり頻繁に行き来していたようだ、という証言がありました。瓶厚志が次から次に三人の外国人ホステスを殺したのもこのころだと思われます。それらの殺人に、正岡則男がどの程度関わっていたのか、あるいは関わっていなかったのか、いまのところ何ともいえません。また瓶厚志が写真スタジオをやめた

のち、ふたりのつきあいがつづいていたのかどうかも不明です。以上」

若い捜査員が腰をおろすと、

「要するにどういうことなんだ？　小室京子を殺したのは瓶厚志なのか、それとも正岡則男なのか、どちらなんだ？」

いらいらした声で所轄の刑事課長がそう質問した。

それを受けて、埼玉県警の解剖鑑識に立ちあった一課の捜査員が立ちあがった。

「それに関しては、瓶厚志の司法解剖の死体検案書を見てもらえばわかるんじゃないかと思います。ええと、後頭部正中よりやや左側、蓋後頭結節の上方二センチに、多数の表皮剝脱をともなう深い挫裂創。頂部後端部には皮下出血、これは二十センチにわたって変色しています。鼻孔内には多量の血液が溜まっていました。そのほかにも背中、左大腿部に軽度の火傷の痕が見うけられました。つまり瓶厚志は事故に巻き込まれて、かなりの重傷を負っているわけです。頭部の挫裂創が直接の死因になったらしい。先生のお話では、事故のあと、せいぜい数時間しか生きられなかったのではないか、ということでした。これでふたりの救急隊員を殺し、救急車を走らせたのだから、恐るべき生命力ではありますが、とてもそのあとで女を殺し、死体をバラバラにするなどということができるとは思えません――」

「つまり小室京子を殺したのは正岡則男というわけか」

刑事課長はうめき声をあげて、

「高野朋子の場合はどうなるんだ？　さっきの話では、高野朋子は小室京子のまえに殺されている。高野朋子が失踪したのは三月九日の金曜日だったよな。つまり高野朋子を殺したのは瓶厚志ということだ。しかも瓶厚志はアイス宅配便が使えないというので、わざわざレンタカーを借りて、岩槻まで遺体を始末しに行ってるんだろう。その高野朋子のバラバラ死体がどうして二十二日に東海ジャンクションの湾岸線で発見されたんだ？　つじつまが合わないじゃないか」

「正岡則男は三月二十一日水曜日に風邪を口実にして銀行を休んでいます。まだ確認されていませんが、おそらく、この日に岩槻市に行っているはずなんです。瓶清女の敷地で一カ所、掘り返したような痕があった。正岡則男は高野朋子の死体を掘り返したんじゃないかと思います。高野朋子の遺体は瓶厚志が自分で埋めているはずだ。多分、その場所を瓶厚志から聞いていたんでしょう。すでに瓶清女は死んでいますからね。だれからも見とがめられる心配はない――」

井原が答えた。

「…………」

ここでも志穂は身をすくめざるをえない。

確信のあることではないから、誰にもいっていないが、その前日、志穂は正岡に会って気晴らしの旅行でもしたらどうか、とそう勧めている。まさかとは思うが、それがきっかけになって、正岡は岩槻市に出かけるつもりになったのではないか。

「わざわざ遺体を掘り返して、それを東京に持ちかえり、羽田線高架道路から東海ジャンクションにばら撒いたというのか。勘弁しろよ。どうして正岡則男にそんなことをする必要があったんだ？」

刑事課長は納得しきれないようだった。

「瓶厚志を逮捕してほしかったからじゃないかとそう思うんですが……」

「なにをいってるんだ？　瓶厚志は事故の直後に死んでいるんだろう。そして、そのことは正岡則男も知っているはずじゃないか。死んでいる人間をなんで逮捕してほしいなんて考えるんだ？」

「これは特被部の遠藤先生の意見ですが、正岡則男のなかでは瓶厚志は死んでいないのではないか、ということなんです。いや、もしかしたら正岡則男は小室京子を殺したのも自分ではなく瓶厚志がやったことだとそう考えているのかもしれない。ときには自分が正岡則男だか瓶厚志だかわからなくなって混乱することもあるんじゃないか。

遠藤先生はそうおっしゃるんですけどね」

「………」

「連続殺人事件、とりわけ淫楽殺人をかさねる人間が、自分をはやく捕らえてほしい、と訴えるのは前例のないことではない。なかには警察に向けて手紙を書く人間もいる。しかし、それを実際に郵送する人間はそんなに多くない。多くの犯罪者は、手紙を書いたというそれだけで満足して、それを実際に送ることはしない。多分、瓶厚志もそうだったのだろう、というのが遠藤先生の意見です。事実、瓶厚志は三月十三日には死んでいるのですから、その日に『桃ねこ倶楽部』に写真を持参することなどできっこありません。当然、二十三日に写真と手紙を郵送したのは瓶厚志ではない。これはいまのところ推測にすぎませんが、どちらも正岡則男がやったことでしょう。写真を送り、手紙を送れば、どうしてもそこからあしがつくことになる。それがわかっていながら郵送するのは、これがはやく捕まえてほしい、というメッセージだからでしょう。ただ、正岡則男の場合、そこで混乱しているのは、だれを捕らえてほしいのか、自分でもわからなくなっていることです。自分を捕らえてほしいのか、瓶厚志を捕らえてほしいのか、わからなくなってしまっている。小室京子を殺したのは自分ではなく瓶厚志だと思い込んでいるからなおさら混乱することになる。そう遠藤先生はおっしゃるんですよ。いってみれば正岡則男は瓶厚志にとり憑かれているんですよ」

「……………」

「北見捜査官の指摘にあったように、瓶厚志が女たちをバラバラに切断したのはアイス宅配便で送るためのやむをえない事情からです。しかし、死体をバラバラにするからには、どこかに万一のときにも身元をわからなくする、という心理状態が働いているはずじゃないですか。それをどうしてわざわざ人目につく首都高なんかにばら撒いたりするのか？　矛盾しているようだがそうではない。考えてみれば、これも早く瓶厚志を捕らえてほしい、という正岡則男のメッセージだったんですよ——」

刑事課長はブルンと掌で顔を撫でおろし、驚いたな、とそうつぶやいた。

「瓶厚志はとっくに死んでいるというのに、その死人を捕らえてほしいというのか……」

「これも遠藤先生のご意見なんですが、正岡則男のポリグラフ検査がシロと出たのは当然だというんです。正岡則男はポリグラフ検査で嘘なんかついていない。自分は小室京子を殺していないと信じている。正岡則男の意識のなかでは小室京子を殺したのはあくまでも瓶厚志なんですから」

「……………」

しばらく会議室には沈黙がたれ込めた。だれも何もいうべき言葉がなかった。

やがて「本部事件係」の那矢検事が咳払いをし、

「そういうことなら正岡則男の検挙にはよほど慎重に当たらなければならない。一度、逮捕状を執行していることでもあるし、精神鑑定の必要も考えなければならない。よほど証拠をがっちり固めて当たらないと、とんでもないことになる――」

しかし、と捜査員のひとりが異議をとなえて、

「正岡則男はもう次の銀座ホステスとつきあい始めています。次の獲物ということじゃないかと思うんですが。そう考えるとわれわれにはあまり時間がありません。逮捕を急がないと、それこそ取り返しのつかないことになりかねません」

「わかっている。しかし、小室京子を殺した現場がどこなのか、せめてそれだけでも特定できないと令状も請求のしようがない。そのためには囮捜査もやむをえない」

志穂は那矢検事の視線が自分に注がれているのをはっきりと感じた。

いや、検事ばかりではなく会議室にいる男たちの視線が残らず注がれている。

いつも自分が貧乏クジを引かされることになる、とは思わない。

正岡則男を逮捕するのには、志穂には志穂なりの個人的な事情というものがあるのだ。

「わかりました――」

志穂は大きくうなずいた。

廃馬

1

…………

……

なぜ京子を殺したんだ?

おれが? おれは殺さない。

とぼけるな。おまえが殺したんだ。

おまえとは誰なんだ。おまえ、おまえのことなのか? おまえがあの女を殺したのか?

おれはおまえじゃない。おまえはおれじゃない。

知っていることはすべて教えてやった。写真も、女のほんとうの姿も。おまえは喜んだじゃないか。そうじゃなかったとはいわせないぜ。

そんなのは嘘だ。

嘘とはいわせない。おまえのズボンはいつもはち切れそうに膨らんでいた。おまえはしょっちゅうポケットに手を突っ込まずにはいられなかったじゃないか。

おまえが高校生のおれに無理やり女の写真を撮らせたんだ。おれはあんなふうに女が苦しんでいるのを写真に撮るのはいやだった。

………

なにを笑うんだ。笑うのはやめろ。

おまえはおれをいつも笑わせる。

おれが喜んでいたなんてそんなのは嘘だ。おれはいやだった。ほんとうにいやでいやでたまらなかった。

おふくろは人形の出来が悪いとその首を引っこ抜くんだ。家のなかにはいつもバラバラになった雛人形が転がっていた。幾つも、幾つも……

雛人形の話なんか聞きたくないよ。

聞くのさ。なぜなら、おれはおまえだからだ。おまえはおれだからだ。そんなことはわかってるはずじゃないか。

わからないよ。

そんなことはない。わかっている。

雛人形の話はしないでくれ。

まあ、聞けよ。

………雛人形の首が転がっているのを見つけると、おれはおふくろの目を盗んで、その首に紅をつけた。そうせずにはいられなかった。ある日、おれはそんな血糊のついた人形の首を自分のペニスに押しつけた。ひんやりとして気持ちよかった。おれは十三歳だった。あのときおれは生まれてはじめて射精を経験した。

おまえは高校生のおれにいつも無理やり写真を撮らせた。女たちはいつも苦しんでいた。すすり泣いていた。かわいそうだったよ。

壊れた雛人形だ。それ以外に女にどんな意味があるというんだ？　それに……

それに？

おまえには写真の才能がない。小器用だが、ただそれだけのことで、女を写しだすだけの力がない。結局はいつもおれが撮りなおすことになった。

……………

おまえにはおれが必要だった。

そうだろうか？

そうとも、必要だった。

おまえが外国に行くといいだしたときにはおれはほんとうにホッとした。これであの生き地獄から解放されると心底ホッとしたんだ。もう女を苦しめなくてもいい。もう女が死ぬのを見なくてもいい。おまえなんか外国で死んでしまえばいいんだ。おれは本気でそう思った。

おれはおまえにおれの写真のコレクションをすべて預けていった。おれは女をひとり殺すたびに、出す当てのない手紙を書かずにはいられなかったが、それもすべて預けていった。おれから解放されるとほんとうにそう信じていたのか？

おまえが東京でふたたびおれのまえに現れたとき——

おまえは喜んだ。

そう、おれは喜んだ。

……………

……

そうとも、ぼくは心底から喜んだ。瓶厚志という男は、ぼくにとって悪魔だったが、それはどんな神よりも魅力的な悪魔だった。だれも神なんか必要としない。必要なのは悪魔だ。

だから、小室京子の口から首都高売春のことを知ったとき、それをあんたに話さずにはいられなかった。あれはいわば悪魔に対する貢ぎ物だったんだ。あんたは貢ぎ物を受け入れ、そして銀座の女たちが消えていった。あんたは岩槻のときみたいにぼくを誘ってはくれなかったね。もうアシスタントは必要ないんだとそういった。あんたがぼくの写真の技術に見切りをつけたのは薄々感じていた。ぼくは銀行に就職して、カメラに触れることもなくなっていたから、それもやむをえないことではあったんだけど、やっぱり淋しいと思わずにはいられなかった。

この世に悪魔に見捨てられた人間ぐらい惨めな存在はない。神に見捨てられた人間の何倍もつらい。

ぼくはしだいに京子に対して興味を失っていった。それでも京子を愛してはいたが、それとこれとはぜんぜん別の話だ。だって女は壊れた雛人形なんだろう? 病んだ花なんだろう? 京子は壊れてもいなければ病んでもいなかった。いやになるぐらい女だった。興味なんか持てないよ。

そんなことからぼくたちのあいだにはいさかいが絶えなくなった。

ある日、

——凄いものを見た。

首都高売春のことを教えてくれたときとおなじせりふで京子がそういった。

京子は押入れに隠しておいた、あんたのコレクションを見てしまったんだよ。たしかに凄いものさ。こんなことになるなら写真も手紙も早いうちに返しておけばよかった。あんたが返してくれといわないのをいいことに、いつまでも保管しておいた。ぼくには愛着があったんだ。わかるだろう？　京子はまさか、あのコレクションがすべて、ぼくがアシスタントを務めて撮ったライヴだなどとは思ってもいなかったろう。ただ、ぼくにはそんな秘められた趣味があるのだと思って、軽蔑するのではなくて、おもしろがっていた。

それで、J銀行のぼくの上司がこのことを知ったらどう思うだろう、とそんなことをいいだした。あれでぼくのことを脅しているつもりだったんだよ。京子はぼくと結婚したがっていた。かわいいものさ。

そんなことはいい。ぼくが許せなかったのは——

京子はあんたとぼくとのあのコレクションをおもしろがっていたんだぜ。そんなの許せるはずがない。そうだろう？

あんたに久しぶりに連絡したら、そんな女は殺すべきだ、とそういってくれた。嬉しかったよ。

あの日、ぼくは夜中の三時に、京子と大黒パーキング・エリアで会う約束をした。ホステスの仕事で遅くなるから、夜はいくら遅くても大丈夫なんだ。京子は大黒パーキング・エリアが好きな女だった。景色がいいからといってたけどそれは嘘だ。あそこだったらいつでも男をナンパできるから好きなのさ。一晩につづけざまにふたりの男をナンパして寝たこともあったらしい。どうでもいいことだけどね。

もちろん京子は知らないことだけど、あんたが大黒パーキング・エリアで京子に声をかけることになっていた。三時十五分ぐらいがちょうどいいんじゃないか、ぼくたちはそう話しあったたね。ナンパが失敗することはない。京子はぼくに待たされて頭にきてるから、あんたの誘いにあっさり乗ってくるはずだ。京子はそんな女だ。ぼくは京子という女をよく知っているんだよ。

きれいに片づけてやるから心配するな。あとには何も残らないように片づけてやる……あんたがそういったんでぼくは安心しきっていたんだ。なんたってあんたは瓶厚志なんだもん。心配なんかするはずがない。

なにか連絡の必要ができたときには、あんたはぼくの携帯のほうに連絡してくることになっていた。そのために携帯の音は小さくしておいた。外出しなくてもいいようにコンビニで弁当を買ってきて部屋で待機していたんだぜ。だけど、あんたがほんとうに電話をかけてくるとは思ってもいなかったよ。

あれは二時ちょっと過ぎだったね。あんたが電話をかけてきて、しかも救急車を運転していると聞かされたときには心底から驚かされたよ。二時半ぐらいに間にあうように八重洲東駐車場まで車で迎えに来てくれという。あの時間だったら九段下から八重洲東駐車場まではすぐだからね。もちろん、ぼくはすぐにマンションを飛びだした。

どうやら、あのあとで京子が電話をしてきたらしい。おそらく、ぼくが、もう部屋を出ているかどうか気になって、電話をかけてきたんだろうね。隣りの女が電話のベルを聞いているんだよ。携帯電話のほうはベルの音を小さくしておいたから、そちらは聞こえなかったらしいんだけどね。

八重洲東駐車場で、あんたが救急車から血まみれになって飛びだしてきたときには、ほんと驚いたよ。しかも首都高の護国寺入口まで行って、そこで死体をふたつ回収し、また首都高にのぼって、大黒パーキング・エリアまで行って京子を拾うというんだもの。めちゃくちゃな話さ。とにかく血まみれの死体をふたつ、車のトランクに押し込んで、護国寺入口から首都高に入り、大黒パーキング・エリアまで走った。大黒パーキング・エリアに着いたときにはもう三時半になっていた。京子が待っていたのには驚いたよ。いつもの京子だったら、とっくにぼくに見切りをつけて、ほかの男とどこかにしけ込んでいるところだ。

待っていなければよかったんだ。

待っていたばかりに京子はあんたに殺されることになってしまった。

あんたに……

ぼくに？

…………

……

なぜ京子を殺したんだ？

おれが？　おれは殺さない。

とぼけるな、おまえが殺したんだ。

おれは死んでいる。わからないのか。死んだ人間に人は殺せない。

そんなことで言い逃れをしようとしても駄目だ。おれはもう高校生じゃない。そんなことではごまかされない。

三時半に京子を拾った。怪我をしているあんたを見て、京子は驚いたようだが、あんたがナイフを突きつけると、すぐに何もいわなくなった。あそこに着いたときにはもう四時をまわっていたね。すぐに京子の撮影にとりかかった。あんたは、ぼくの写真の腕をけなすけど、あのとき京子を撮ったのはぼくなんだぜ。写真にはあんたの赤目のサインも忘れずに入れておいた。写真を撮ったあとはどうしたんだっけな？　どうも頭がぼんやりしてよく覚えていない。きっと、あんたが殺して、バラバラにしたんだろうね。そうとも、あんたがやったんだ。

…………

どうして黙っているんだ？　自分はあのとき死んでいたなんて、そんな言い訳は通用しないよ。だって死んだ人間はみんな生きてるじゃないか。

知ってるぞ。おまえも生きている。京子も生きている。（頭が痛いな）おれはそんなことではごまかされない。おれは知っている。

……

今朝も銀行で京子を見た。駅でも見かけた。隠れているつもりだろうが、おれはみんなお見通しなんだ。銀行のロビーを横切った。ホームの階段を下りていった。昼休みにはずうずうしく銀行の喫茶室でカプチーノを飲んでいた。おれが入るとすぐに出ていった。おれのプレゼントしたエルメスのスカーフを巻いていた。おれが京子を見まちがえるはずがない。見まちがえると思っているのだとしたら、それはおれのことをよほど甘く見すぎているからだ。

京子はおれとデートをするときにはいつもカプチーノを注文した。飲むまえにスプーンでチロリと一口すくって舐めるのが癖だった。そのしぐさがネコのようでおれは好きだった。

（ああ、頭が痛い）こんなことをいえば、人は笑うかもしれないが、おれは京子のことを心から愛していた。

ごまかしたって駄目さ。みんなお見通しなんだ。たしかにかわいい女だよ。京子はおれと結婚したがってる。だけど、京子、死んだ人間とは結婚できない。銀行は融通のきかない職場で、社員が死んだ人間と結婚するのを許さない。きっと扶養家族としても認められないよ。おれには上司を説得するだけの自信がない。銀行とはそういうところなんだ。京子、おれはおまえと結婚できないよ。

…………

どうしてこんなに頭が痛いんだろう。もしかしたら明日は雨になるのかな？

……

2

街には雨が降りはじめていた。

志穂は正岡則男のあとをつけていた。

正岡は傘もささずに濡れていた。

志穂も傘をさしていない。

小室京子はどんなときにも傘をささない女だったとそう聞いている。

いまの志穂は小室京子だ。

小室京子のことはすべて人から聞いた。

彼女の着ていた服を着て、彼女のしていたアクセサリーをして、彼女のしぐさを真似て歩いている。

小室京子のセンスは志穂の好みではない。しかし、似合った。

正岡の行く先々でちらりとだけ姿を見せるようにしていた。

ちらりと姿を見せ、逃げて、捜査員の運転する車に飛び乗る。あるいは物陰に飛び込んで隠れる。一度などは正岡に危うく追いつかれそうになり、きわどかったが、なんとか撒くことができた。

志穂が小室京子のようにふるまうというのは遠藤慎一郎のアイデアだ。

いまの正岡は精神的にもろい状態にあり、ちょっとしたことでもたやすく動揺するはずだ……遠藤はそう考え、捜査本部もそのアイデアに乗ったのだが、いつもながら遠藤の洞察力はするどい。正岡は目に見えて動揺し始めた。

動揺すれば、きっと小室京子がほんとうに死んだかどうか、それを疑い始めるようになる。そのことを確かめるために、小室京子を殺した現場に向かうにちがいない。

遠藤はそう考え、これまでのところ、その洞察のとおりにことは進んでいた。

正岡は動揺していた。

銀行にいるときにも、道を歩いているときにも何度か肩ごしに振り返り、ときには何の理由もなしに走りだすことさえあった。

志穂は確実に正岡のことを追いつめつつあったのだ。

四月九日、月曜日――

正岡は午後八時に銀行を出た。

いつものように地下鉄の駅に向かおうとはしなかった。

有楽町のほうに向かってふらふらと歩いていく。

すぐには九段下のマンションに戻るつもりはないらしい。

志穂はそのあとを追った。

袴田がすこし離れて、志穂のあとを追っている。

ほかに捜査本部の捜査員がひとり、これは何かあったときの連絡係として、袴田とは別行動で志穂のあとをつけている。

そのほかに車が一台、これには井原たち四人の捜査員が乗っている。徒歩の捜査員と絶えず携帯電話で連絡をとりながら、志穂とつかず離れず、ゆっくりと走っている。

正岡は自由に歩きまわっているように見えて、じつは生簀(いけす)の魚もおなじだった。

何かあれば、これだけの捜査員が一斉に襲いかかっていって、正岡を現行犯逮捕することになっていた。

雨が降っていた。

春のなま温かい雨だ。

雨が衣服にじわっと染み込んで気持ちが悪い。冬のいさぎよく冷たい雨がいっそ恋しくなるほどだ。

正岡も濡れている。

その後ろ姿がひどく孤独だった。

ここを歩いているのは恋人を殺した男なのだ。

孤独で当然だ。

正岡は数寄屋橋ショッピングセンターに沿うようにして歩いている。そして、とあるビルのなかに入っていった。

「………」

志穂の顔がこわばった。

そのビルの地階にレンタル・ラボの店が入っている。

レンタル・ラボの店はどこもおなじだ。

現像機とプリンターがそれぞれカーテンでしきられていて、だれにも見られずに写真をプリントできる造りになっている。現像、プリントともにフルオートで、十分もあればフィルムを現像し、それをプリントすることができる。

高野朋子の写真は瓶厚志が撮っている。

しかし——

小室京子の場合には、写真を撮ったときにはすでに瓶厚志は死んでいたものと推測される。

当然、正岡則男があの写真を撮っているはずで、それをどこで現像したのか、そのことが捜査本部の関心を引いている。

レンタル・ラボで現像したことは、たやすく想像されるが、これまでそれがどこのレンタル・ラボであるか特定できずにいた。

どうやら、いま、捜査本部は新たな収穫を得ることができたようだ。

有楽町から「桃ねこ倶楽部」編集部のある神保町まではすぐ近くだ。写真を現像したそのあとで、それを編集部に持っていっても、そんなに手間はかからない。

志穂は物陰に身をひそめて、正岡がレンタル・ラボから出てくるのを待った。

それほど待たなかった。

五分ほどで出てきた。

また歩き始める。

あとを追った。

視野の隅に捜査員がレンタル・ラボの店に入っていくのがちらりと映った。

おそらく店の人間に聞き込みをするつもりなのだろう。正岡がよくその店に来るかどうかそのことを確かめるつもりだ。

志穂は不満だった。

はやる気持ちはわかるが、いま、その捜査員の職務は、志穂を護って、覆面パトカーの井原たちと連絡をつづけることにあるのではないか。

その連絡係が聞き込みにかまけて、志穂のことをおざなりにするのが腹立たしく、不安でもあった。

正岡は外堀通りに出て、タクシーを拾った。

志穂はあせった。

懸命に手を振って、タクシーをとめた。

袴田も走ってくると、志穂のあとからタクシーに飛び込んできた。

警察手帳を見せ、

「まえのタクシーを追ってくれ」

そういう。

正岡の乗ったタクシーを追って、タクシーが走り始めた。

袴田はしきりに後ろを気にしている。

やがて、あきらめたように前を向くと、どうしろうが、と吐き出すようにそういった。

「こんなときにレンタル・ラボのことなんか気にしやがって。おかげで井原たちの車がはぐれちまったじゃねえか」

「………」

しかし、いまの志穂にはそんなことはどうでもいいことだった。

ひたすら正岡の乗ったタクシーのあとを目で追っていた。

どうやら正岡の乗ったタクシーは首都高に向かっているようだ……

タクシーは高速1号羽田線を下って、平和島出口に下りた。

首都高付近の平和島は、見わたすかぎり倉庫がならんでいる殺風景な場所だ。東京団地倉庫や東京流通センターなどがある。トラックの往来が激しいのは、ここが各企業の集積場のようになっているからだろう。

環七通りに向かって、途中で折れる。

そこでとまって、正岡が降りた。

やはり大きな倉庫がある。

ゲートは閉ざされているようだ。

その横手にくぐりの通用門があり、そこから正岡は敷地のなかに入っていった。

志穂たちもタクシーを降り、ゲートのところまで行ってみた。

明かりがない。

蛍光灯は割れていて、雨のなかに、ただ暗くうなだれているだけだ。

袴田がペン・ライトでゲートを照らした。

どうやら倒産した会社の倉庫らしい。立ち入り禁止の表示があり、管財人の名前が記されてあった。いずれ競売にかけられることになる空き倉庫だ。表示に記されている年月日は去年の七月になっていた。

ゲートの隙間からなかを覗いてみた。

暗い。

ひっそりとして人けがない。

屋根の樋(とい)から水が流れ落ちていた。

その水がコンクリートの地面に跳ねるのがただわびしい。

「ちくしょう、一課の奴ら、かんじんのときにはぐれやがって――」

袴田がまわりを見まわしてつぶやいた。

「どこかに電話があるといいんだが」

「携帯電話は?」

「忘れたんだよ」

袴田は面目なげだった。

　そのとき……

　一階の窓に明かりがともった。

　その窓に人影が動く。

「ここだ。間違いねえ。ここが女を殺してバラバラにした現場だ——」

　袴田はトレンチコートのボタンを外した。ベルトに拳銃のホルスターが吊るされているのが覗いた。ニューナンブだ。

「…………」

　袴田という刑事にはおよそ拳銃などというものは似あわない。拳銃を携帯している袴田の姿などこれまで想像したこともない。

　驚いている志穂に向かって、

「なんせ女を殺してバラバラに切断するような奴が相手なんだ。おれは臆病なんだよ。厄除(やくよ)けにでもこんなものを持たなければやってられねえよ」

　袴田は言い訳するようにそういい、通用門の扉を開いた。

3

令状を持っていない。

本来なら足を踏み入れるべきではないかもしれないが、だれかに見とがめられたら、聞き込みに歩いているところだとそういえばいい。

捜索や押収をしないかぎり、あとで問題になることはないだろう。

倉庫にもやはり小さな通用門のような扉があった。

鍵はかかっていない。

倉庫のなかに踏み込んだ。

雨が屋根をたたいて、そのくぐもった音が倉庫にシンバルのように響いていた。

何百坪という広さだが、最低限の明かりがともされているだけで、見わたすかぎり、ただ暗い。

ほとんど何もない。

がらんどうだ。

ただ天井の梁には幾つもクレーンが残されていて、いたるところに鉤フックのついた鎖がぶらさがり、それが虚しく揺れているだけだった。

それはすぐに見つかった。

撮影機材だ。

ライトもあれば、三脚もある。スクリーンまでそろっていた。

「…………」

志穂は目を見ひらいた。

床のうえに雛人形の首が転がっていた。

——ここだ、ここに間違いない。

戦慄が背筋を走るのを覚えた。

——ここで小室京子は屈辱的な姿を強いられて、それを写真に撮られ、殺され、バラバラにされたのだ！

袴田は腰を落とし、ペン・ライトで床を照らしていた。

おい、と緊張した声をあげた。

「この染みは血痕じゃないか」

そういいながら立ちあがった。

そのときのことだ。

ふいに、ぐわあん、と金属音が鳴りわたった。鎖が揺れた。重いフックが弧をえがいて飛んできた。

袴田はとっさに逃げようとした。

しかし間にあわなかった。

人間の頭ほどもあるフックが袴田の肩をかすめた。血しぶきが散った。袴田の体は吹っ飛んでいた。床にたたきつけられ、二度、三度と転がった。うめき声をあげ、仰向けになったまま、ピクリとも動かない。

「袴田さん！」

志穂は叫んで駆け寄ろうとした。

しかし——

そのとき正岡の声が聞こえ、志穂の足をその場に釘付けにしたのだ。

「どうしたんだ？　京子。おれに会いに来たのか。そんなにおれが恋しいのか」

陰々と暗い響きをおびた声だった。正岡の声だが、正岡の声ではない。モンスターの声だった。

「…………」

志穂は闇のなかをうかがった。

どこにも正岡の姿は見えない。ただ声だけが聞こえてきた。

「また写真を撮ってほしいのか。おれに愛されたいのか。おれの名前を呼んでむせび泣きたいのか。京子、そうなのか」

「…………」

全身に冷たい汗が噴きだしてくるのを覚えた。

膝がガクガクと震えていた。

怖い。

どうしてこんなに怖いのか。

その恐怖感に懸命に耐えながら、反撃した。

「そうじゃない。あなたはわたしを殺したわ。どうしてわたしにあんなことができたの？　わたしはそのことを聞きにきたのよ」

かすれた声を張りあげた。

「そうじゃない、京子。それは誤解だ。きみを殺したのは瓶厚志だよ。きみの写真だって目が赤く写っていたろう？　あれは瓶厚志のサインなんだよ。あいつがきみを殺したんだ。おれがそんなことをするはずがない。おれはきみを殺した瓶厚志を許せなかった。だから、瓶厚志を告発するつもりで、きみの体を首都高に撒いたんじゃないか。きみの右腕だけは手ばなすことができなかったけどね。だって、ほら、右手の指に、きみはおれのプレゼントした指輪を填めてたからね――」

正岡の声はむしろ優しげで、悲しげでさえあった。

「それにしても日本の警察は無能だね。せっかく、ぼくが告発したのに、瓶厚志を捕まえることができないんだよ。だから今度は、わざわざ岩槻まで行って、高野朋子の死体を掘りだし、それを東海ジャンクションの高架道路から湾岸線にばら撒いたんだ。あそこの側壁は胸ぐらいの高さしかないんだよ。車を路肩にとめて、ポリ袋を逆さにすれば、それでもう死体は湾岸線に落ちていった。誤解しないでほしいな。だからといって、高野朋子ときみを同格に考えているわけじゃないんだぜ。瓶厚志を捕まえさせるためにやったことで、あんな女のことはなんとも思っていない」

「…………」

志穂は痛いほど唇を嚙んでいた。

どうやら正岡は小室京子を殺したのは瓶厚志だと本気でそう信じ込んでいるようだ。そう信じ込んでいるからこそ、小室京子の写真を写すときにも、わざわざその日を赤くして、瓶厚志のサインを入れるのを忘れなかったのだろう。捜査本部が勝手に誤解しただけで、首都高に遺体をばら撒いたのも、アリバイ工作のためではなかった。本気で瓶厚志を捕らえて欲しいとそう考えているらしい。

なんとかその狂気を利用して正岡から逃れることはできないものか。いや、逃げる必要はない。袴田は拳銃を持っている。袴田のところまで行けば、自分ひとりで正岡を逮捕することもできるのではないか。

「でも、瓶厚志は死んだんじゃないの？　わたしはそう聞いたわ」

志穂はなんとか平静な声を出すように努力したが、残念ながら、その声は震えていたようだ。

「あの男が死ぬものか。それはあの日、ここに着くとすぐに血を吐いて動かなくなったけど、そんなのないよ。あいつは悪魔だからね。悪魔は死なない。しかも、ここはあいつが管財人に雇われて、管理している倉庫なんだぜ。どんなトリックだって使えるよ。ぼくはもう高校生じゃないんだ。そんなことにだまされるものか――」

「…………」

正岡が話をしているあいだ、志穂はじりじりと袴田に近づいていった。

正岡の声が聞こえているあいだは安心だ。むしろ、その声が聞こえなくなったときが恐ろしい。

しかし――

正岡の声がとぎれた。

志穂は足をとめた。

ジッと闇のなかをうかがった。

いまにも心臓が破裂しそうだった。

ふいに正岡が叫んだ。

悲鳴のように叫んだ。

「気をつけろ、あいつが来るぞォォ」

その声に弾かれたように走った。

いや、走ろうとした。

走れなかった。

ふいに目のまえに人影が飛びだしてきた。志穂の体をさえぎった。その両手が凶暴な毒ヘビのように志穂の首に飛んできた。志穂の首を絞めつけてきた。

正岡だ。白髪のカツラをつけていた。小鼻を膨らませ、その目をギラギラと光らせていた。人間の顔ではない。こんなに浅ましい顔が人間のものであるはずがない。

志穂は悲鳴をあげて正岡の体を押しのけようとした。

振りまわした両手が鎖を撥ねあげた。

鎖がきしんで揺れた。

そのフックの先端に右腕が引っかかっていた。小室京子の右腕だ。なかば腐りかかって、指が白骨化していた。揺れながら、指がこすりあわされて、カタカタと鳴った。もう一本のフックには焼けただれた女の右足が引っかかっていた。完全に腐っていた。鎖が揺れるたびに太った蛆が落ちた。

志穂は悲鳴をあげつづけた。悲鳴をあげずにはいられない。

悲鳴はあげたが苦しいわけではない。苦しいはずがないのだ。

スカーフに隠されて見えないが、鞭打ちのコルセットを首に塡めている。どんなに力のある人間でも首にコルセットを塡めた人間を絞め殺すことはできない。

「…………」

正岡はけげんそうに志穂の首から指を外した。

そして、そうか、とつぶやいた。

「一度死んだ人間は首を絞めるぐらいじゃ死なないんだ。そういうことなのか」

志穂は正岡の体を突きとばして袴田のもとに走った。

袴田の体から拳銃を取って、床に膝をついたまま、クルリと体を半回転させた。

十分とはいえないが、警察学校で射撃の訓練は受けている。銃のあつかい方ぐらいは心得ているのだ。

「動かないで！」

拳銃を突きつけざま、そう叫んだ。

拳銃を突きつけられても、正岡はただぼんやりとたたずんでいるだけだ。白髪のカツラがずれて、黒い地毛が覗いていたが、滑稽（こっけい）というよりも、グロテスクで恐ろしい。

その放心した表情を見ているうちに、ふと井原がしきりに気にしていた疑問を思い出した。

どうして犯人は救急隊員ふたりの遺体を持ち去らなければならなかったのか、という疑問だ。

もちろん救急隊員の遺体を持ち去ったのは正岡ではなく瓶厚志だ。が、正岡は自分を瓶厚志と錯覚するほど、瓶厚志と一体化してしまっているのだ。正岡に聞けば、瓶厚志が何を考えて遺体を持ち去ったのか、それもわかるのではないか。

「あなたは瓶厚志なのね？」

まず、そう確かめる。

声が震えていた。銃身が小刻みに震えているのが自分ながら不甲斐（ふがい）ない。

「……………」

正岡はぼんやりとうなずいた。

「それだったらあなたに聞きたいの。女たちを殺すのはわかるわ。わからないのはどうして救急隊員の死体まで持っていったのかというそのことよ。女たちの場合のように、救急隊員の遺体を持ち去っても、事件を隠蔽できるわけじゃない。あの状況では、救急隊員たちは殺されている、と誰もがそう考えるはずだわ。死体を持ち去るのには何の意味もなかった。それなのにあなたは救急隊員の遺体を持ち去った。どうしてなの？」

正岡の顔を笑いがかすめた。

一瞬、これはほんとうに瓶厚志ではないのか、とそう錯覚したほど、それは陰惨で獰猛な笑いだった。

「せっかく死体があったんだぜ。それもふたつもあった。死体ぐらい遊んで楽しいものはない。それを放っておくなんて勿体ないじゃないか。そんな勿体ないことはできないよ——」

「…………」

こめかみの血管がうずいた。ぐらりと意識がよろめきそうになるのを覚える。悲鳴をあげそうになるのを、歯を食いしばって、懸命にこらえた。いま、自分の目のまえにいるのはまぎれもないモンスターだ。これは人間ではない。人間であるはずがない。

「おまえはもう死んでいるんだ。死んでいるんだから、こいつを使ってもいいわけなんだよな……」

正岡はぶつぶつとつぶやきながら、体をかがめた。そして床から電動ノコギリを拾いあげた。スイッチを入れた。

電動ノコギリが唸りをあげて回転した。凶暴な、髪の毛が逆だつような音だった。

「いくらなんでもさ。もう一度、体をバラバラにしてやれば死ぬんじゃないか――」

正岡は電動ノコギリを振りかざし、ニヤニヤと笑いながら近づいてきた。

「そのまえに写真を撮りたかったけど、そうもいかないよな。ねえ、今度はどこにばら撒かれたい？」

志穂は、とまりなさい、と叫んで、拳銃を突きつけた。

が、そんなことにはかまわずに正岡は近づいてくる。

ふと、正岡が忙しい銀行員である自分の身を競馬の馬にたとえて話したことがあったのを思いだした。走れなくなった馬は殺すしかない、とそういった。そんな馬はもう矯正がきかないのだ。

正岡がふいに大声を張りあげた。獣の咆哮（ほうこう）するような声だった。電動ノコギリを頭上に振りかざし突進してきた。

——廃馬！

志穂は銃の引き金をしぼった。

手首に伝わる反動を肩に流して、二発、三発と撃ちつづけた。

弾が命中するたびに正岡の体はガクンガクンとのけぞった。血しぶきにまみれながら嬉しそうに笑っていた。被弾するたびに血と肉が飛び散って、体をねじらせた。ついに全弾を撃ちつくした。五発すべてが命中した。正岡はゆっくりと床に沈んでいった。しばらくは荒い息を吐いていた。それもすぐに聞こえなくなった。

ただ電動ノコギリの回転音だけがいつまでも鳴り響いて聞こえていた。

解説

逸木　裕

私は一九八〇年生まれで、この解説文を書いているいまは四十一歳になるのだが、私と同年代のミステリ読みは、若いころに〈山田正紀ショック〉なるものを味わったことがあるのではないだろうか。九〇年代後半から二〇〇〇年代序盤にかけて、山田正紀の傑作群が怒濤のように刊行され、我々若い読者に衝撃を与えた、あの時期のことだ。

山田正紀という作家をひと口に語るのは非常に難しい。ＳＦ・ミステリ・冒険小説・時代小説——あらゆるジャンルを横断して膨大な作品を残している山脈であり、長年にわたって作品を追っている私のようなファンですら「山田正紀とは何か？」と聞かれるとそのあまりの巨大さに返答を戸惑ってしまう。そんな私が山田作品に出会ったのは、右記の〈山田正紀ショック〉のときだ。当時の私は十代の少年で、ミステリを読みはじめて数年の若い読者だったが、江戸川乱歩や山田風太郎に出会ったときのような衝撃、「こんなすごい作家がいたのか！」と頭をぶん殴られた思いだった。

それまでもミステリ作品を書いてはいたものの、この時期の山田正紀は明らかに軸足を本格ミステリに移しており、ものすごい勢いで新作を書いていた。九七年『阿弥陀（パズル）』、九八年『仮面（ペルソナ）』『神曲法廷』『長靴をはいた犬』『氷雨』、九九年『妖鳥（ハルピュイア）』二〇〇〇年『螺旋（スパイラル）』などを次々と刊行し、二〇〇一年『ミステリ・オペラ　宿命城殺人事件』では第五十五回日本推理作家協会賞を受賞、ミステリの世界でも一気に頂点に上り詰める。

この新刊ラッシュと並行して、ハルキ文庫や徳間文庫で、七〇年代〜八〇年代に書かれた傑作群が毎月のように刊行されたのも〈山田正紀ショック〉を形成した大きな要因だった。私の記憶では、九八年八月に伝説のデビュー作『神狩り』がハルキ文庫で刊行されたのを皮切りに、『弥勒戦争』『竜の眠る浜辺』『宝石泥棒』『謀殺の弾丸特急』『人喰いの時代』『謀殺のチェス・ゲーム』『火神（アグニ）を盗め』『崑崙遊撃隊』といった綺羅星のような傑作群が毎月のように店頭に並び、新しく山田ファンになった私はお祭り騒ぎ、刊行されるや否や購入して熱に浮かされるように読み漁ったものだ。どれも素晴らしい作品だが、私のフェイバリットはヒマラヤ山中の原発に日本のサラリーマンたちが潜入していく冒険小説の超傑作『火神（アグニ）を盗め』で、これは「あまり本を読まないのですが、何かお勧めの小説はありませんか？」と聞かれたときに必ず挙げている一冊である。負け犬たちの熱い人間ドラマであり、数多のアイデアが投入された理知的な冒険小説であり、伏線が張り巡らされた上質なエンターテインメントでもある。誰が読んでも間違いなく面白い。現在では電子書籍で出回っているようなので、未読のかたはぜひ読んでいただきたい。

さて、このようにいまの四十歳前後のミステリ読みに、恐らく深い爪痕を残しているであろう〈山田正紀ショック〉であるが、振り返ってみるとそのスタートは、トクマ・ノベルズで刊行された「女囮捜査官」シリーズだったのだろう。このシリーズは全五作が九六年に連続刊行されており、その後数年にわたって続く山田正紀の本格ミステリラッシュの劈頭を飾っている。

いまでこそテレビドラマにもなり、人気も評価も定着している本シリーズだが、発表された当時は失礼ながらあまり注目されていなかったと記憶している。「女囮捜査官」というシリーズ名に「触姦」「視姦」……といった官能小説風の副題が掲げられていたせいか、この手のエンターテインメントを好む層にあまり訴求されなかったのだろう。とはいえ、これだけのクオリティを誇る傑作群がただ漫然と埋もれるわけもなく、刊行からわずか二年後の九八年、幻冬舎文庫より「触覚」「視覚」……と名前を変えてリニューアル、解説陣に法月綸太郎・我孫子武丸・恩田陸・二階堂黎人・麻耶雄嵩という当時新進気鋭だった作家陣を配置し、ミステリ読みの間でも一気に話題となった（私もこのリニューアルに乗じて読んだ）。

このとき以来、実に二十年以上ぶりにシリーズを通読してみたが、次から次に繰りだされるアイデアや仕掛け、絶妙な間合いで挟まれる急展開により物語がどんどん加速していくドライブ感に感心しつつも、もっとも衝撃を受けたのは取り上げられているテーマが極めて現代的であることだった。

物語の中核に据えられているのは〈被害者学〉である。犯罪が起きたとき、その原因を加害者の性格や背景に求めるのが一般的な考えかただろうが、一方で「加害者と被害者との関係性」「どのような人が被害者となりやすいか」に注目し、犯罪を裏面から研究して予防に努めようとするのが被害者学だ（ただしこの考えかた自体は、犯罪の責任を被害者へ負わせる危険性があり、慎重に議論されているとのこと）。

本シリーズの主人公・北見志穂は〈男好きするタイプ〉であり、小学生のころから様々な性被害に遭い続けている。男たちからつけ狙われ、下着を盗まれ、挙げ句の果てにはストーカーまでされる。個性や内面を持った人間として見てもらえず、ただ

「女性である」という理由で〈生まれながら〉に被害に遭っているのが志穂だ。そんな彼女が被害者からの脱却を目指し、囮捜査官となり、自らの被害者気質を利用することで犯罪者を狩りだそうする。この逆転の発想が清々しくも恰好いい。

　この原稿を書いている今日も、女性を「女性である」という理由で狙う犯罪はあとを絶たない。満員電車における痴漢は発生し続けており、先日は駅構内で女性だけを狙って殴っていた通り魔が逮捕された。今年の八月に起きた小田急線死傷事件では、犯人が「幸せそうな女性を見ると殺してやりたいと思うようになった」などと供述しており、日本でも深刻なフェミサイド（女性であることを理由にした意図的な犯罪）が起きてしまったのではないかとネットやメディアで話題となった（ただし、本事件が本当にフェミサイドか否かは、裁判経過を見ないとなんとも言えないことも付記しておく）。

　ＳＮＳが生む社会の分断、あるいは広がる経済格差など、本シリーズが書かれた九〇年代後半に比べても社会は寸断されてしまった印象で、ジェンダーへの社会的理解は日々進歩しているものの、分断の狭間から憎悪犯罪が次々と生まれている感がある。そんな令和の空気の中で読んでみると、本シリーズが描いているテーマが驚くほど現実世界と響き合う。この先進性に私は改めてやられてしまった。

〈生まれながらの被害者〉である志穂が戦うのは、女性を「女性である」という理由で狙う犯罪者たちである。第一作「山手線連続通り魔」では、女子トイレで髪を切られ惨殺される女性たちが被害者となっているが、本作は冒頭からものすごい。

女が鎧っている自我をすべて崩壊させる。誇りも自意識も失われる。あとに残されるのはただ女体の美しさだけだ。
淫蕩の極致、クリスタルのように結晶し、きらめく純粋女体だ。

（P11より）

今回の敵は、女性の人間性を徹底的に剝ぎ、オブジェクトとしての女体にまで解体してしまうサイコキラーだ。その人物の異常な独白から物語がはじまったかと思うと、一転、夜の南池袋パーキングエリアで凄惨な事故の場面に突入する。だが、それすらも本題ではない。その直後にさらなる展開が起き、読者は驚きとともに一気に物語に引き込まれる。このあたりの上手さたるや！

ジェンダーの問題を視野に入れつつも、アイデアが次から次へと投入され、エンタテインメントとして圧倒的に面白いのも本シリーズの特徴だろう。本作においてもアリバイ崩しから暗号トリック、幾重にも仕掛けられたどんでん返しと、様々な仕掛けが巧妙に配置されており、読者は抗いようもなく結末までページをめくらされる。私は本シリーズ全場面の中で、このラストシークエンスがもっとも好きだ。なんとも鮮やかな幕引きで、乾いた強烈な余韻を残す。これから読むかたは楽しみにしていただきたい。

本シリーズは作品によってがらりとテイストが変わるのも特徴で、一作目は正統派の警察小説、本作はリンカーン・ライムシリーズのような異常犯罪者との対決、三作目では誘拐事件と多重人格を軸とした心理サスペンスが描かれ、四作目では人形おもちゃによる見立て殺人から戦後日本を概観してみせる。こんなにもくるくると色を変えるミステリシリーズも珍しいだろう。そしてそのあとには、実に二十六年ぶりの完全新作が予定されているという。世紀と元号が変わった現在、志穂がどんな敵と出会いどんな事件に挑むのか、山田正紀はこのシリーズを用いてさらにどういった新しい像を見せてくれるのか、ファンとしては期待してやまない。

二〇二一年十二月

1996年4月トクマ・ノベルズ「女囮捜査官2 視姦」、1998年6月幻冬舎文庫「女囮捜査官2 視覚」、2009年4月朝日文庫「おとり捜査官2 視覚」として刊行されました。本書は朝日文庫版を底本とし改題、加筆修正をいたしました。

なお、本作品はフィクションであり実在の個人・団体などとは一切関係がありません。

徳間文庫

山田正紀・超絶ミステリコレクション#3

囮捜査官（おとりそうさかん） 北見志穂（きたみしほ） 2

首都高バラバラ死体

2022年1月15日　初刷

著者　山田正紀（やまだまさき）
発行者　小宮英行
発行所　株式会社徳間書店
東京都品川区上大崎三―一―一　〒141―8202
目黒セントラルスクエア
電話　編集〇三(五四〇三)四三四九
　　　販売〇四九(二九三)五五二一
振替　〇〇一四〇―〇―四四三九二
印刷
製本　大日本印刷株式会社

ISBN978-4-19-894713-2